诗歌中的建筑

隋忠静 —————— 【编著】

SHIGE

YU

KEPU

河海大学出版社
HOHAI UNIVERSITY PRESS

·南京·

图书在版编目（ＣＩＰ）数据

诗歌中的建筑 / 隋忠静编著. -- 南京 ：河海大学
出版社，2022.5
　　（诗歌与科普 / 何薇主编）
　　ISBN 978-7-5630-7481-5

　　Ⅰ．①诗… Ⅱ．①隋… Ⅲ．①古典诗歌－诗集－中国
②建筑艺术－中国－通俗读物 Ⅳ．①I222②TU092-49

中国版本图书馆CIP数据核字(2022)第038087号

丛 书 名 / 诗歌与科普
书　　名 / 诗歌中的建筑
　　　　　　SHIGE ZHONG DE JIANZHU
书　　号 / ISBN 978-7-5630-7481-5
责任编辑 / 毛积孝
丛书主编 / 何　薇
特约编辑 / 徐倩文
特约校对 / 李　萍
装帧设计 / 秦　强
出版发行 / 河海大学出版社
地　　址 / 南京市西康路1号（邮编：210098）
电　　话 / （025）83737852（总编室）
　　　　 / （025）83722833（营销部）
经　　销 / 全国新华书店
印　　刷 / 北京众意鑫成科技有限公司
开　　本 / 880mm×1230mm　1/32
印　　张 / 8.25
字　　数 / 202千字
版　　次 / 2022年5月第1版
印　　次 / 2022年5月第1次印刷
定　　价 / 49.80元

| 序

从旧石器时代利用天然的洞穴作为栖身之所，到新石器时代用木构架、草泥建造半穴居住所；从春秋、战国时期营建都邑、筑墙造台，到后代木构技术、立面造型、平面布局、色彩装饰的使用与成熟，中国建筑在发展与演变中，绽放异彩，给世界留下了一笔宝贵的艺术财富。

历史上，中国古建筑曾有过秦汉、隋唐、明清三次发展高潮。公元前221年，秦始皇吞并六国，建立中央集权帝国。随着皇权的建立，秦始皇开始动用全国的人力、物力修筑都城、宫殿、陵墓。从秦代阿房宫、秦始皇陵墓、通达全国的驰道、以通水运的灵渠，再到汉武帝刘彻五次修筑长城、兴建建章宫、上林苑等，秦汉近五百年间，木构架结构方式趋于成熟，砖石建筑也逐渐发展起来。在此时期，中国古建筑基本形成了自身的独特体系，迎来了第一次发展高潮。

中国建筑发展到隋唐时期逐渐进入了成熟阶段，建筑等级更加详密，建筑布局、建造技术均更加讲究，呈现宏伟开阔、精美细致的建筑风格，其在继承前代建筑成就的同时，也融合了外来建筑的特点，并取其精华，去其糟粕，形成了一个独立而完整的建筑体系。明清时期的古建筑体系迎来了最后的辉煌时期。建筑模式标准的颁布，虽然在一定程度上使得建筑风格趋向僵硬化，但官府、民间仍兴起了大肆建造帝王苑囿与私家园林的浪潮，并在建筑外观、视觉形式上有了一定的创新，给建筑的发展涂上了浓墨重彩的一笔。京城、京郊的宫殿、坛庙、园林，两朝的帝陵、佛教寺塔、道教宫观，以及民间住居、城垣建筑等，都是中国古代建筑史的光辉华章，至今为人们称颂与赞扬。

中国历代政治、文化殊异，儒学、释学、道学等思想观念变更频繁，其对建筑营造的影响突出地体现在追求入世与归隐自然的思想冲突上，并在中国古建筑实践中得到充分的表现，形成了自由灵活、变化多样的建筑形式和风格。

从建筑物的性质与功能来分类，可以将中国古建筑分为宫殿、寺庙、园林、陵墓、关隘、民居建筑等。这些具有明显地域性、民族性的建筑体，主要有以下几个典型特点：1.材料使用受限，多以木材作为主要建筑材料，使用斗拱等建筑构件；2.注重集结构功能与装饰功能于一体，突出运用色彩装饰手段；3.实行单体建筑标准化，按照惯例或"法式"设计建筑；4.重视建筑组群平面布置，讲究中轴对称布局，强调秩序性；5.追求"天人合一""天人感应"，讲究因地制宜。可以说，中国古建筑在木结构体系、建筑形式、建筑布局、建筑装饰等方面都达到了登峰造极的地步，体现出独特的民族气质与建筑美学。

中国古建筑中丰富的元素，对当今中国城市规划、住房建设、环境设计等有着极强的借鉴作用，同时也对弘扬传统文化、增进文化力量具有不可忽视的重要意义。本书以古诗词为切入点，借由古诗词中的各式建筑，科普建筑知识，意在带领读者领略不同时代、不同地域的建筑艺术风格，感受不一样的建筑魅力，引导读者树立坚定的文化自信。

目录

目录

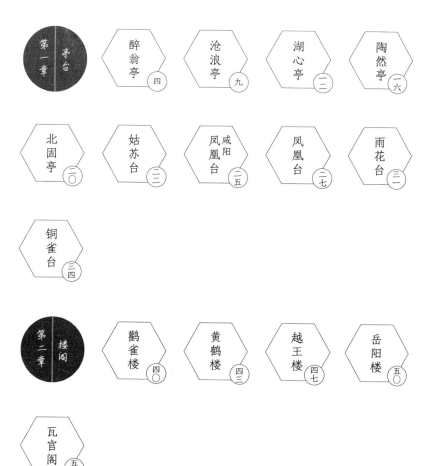

目录

目录

目录

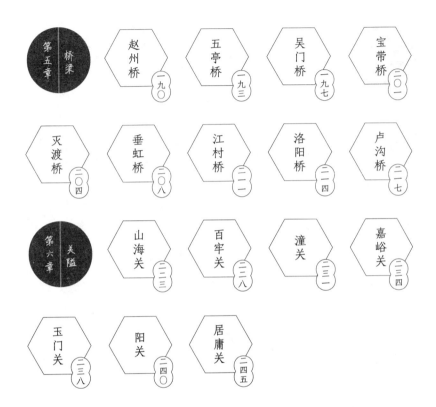

第一章　亭台

· TINGTAI

题醉翁亭二首

〔清〕和瑛

西湖曾宴四贤厅，又到滁阳[1]访旧亭。
名醉名贤同不朽，谁知翁醉是翁醒。

淮北江南试一官，太平丰乐共闲闲[2]。
何当六一先生照，写入环滁雪满山。

注释

[1] 滁阳：地名。
[2] 闲闲：闲静、悠闲的样子。

◎醉翁亭

醉翁亭，位于安徽省滁州市西南琅琊山麓。亭多为文人士大夫聚集畅饮、题对而建，醉翁亭也如此。北宋庆历五年（1045），欧阳修来到滁州，与琅琊寺的住持僧智仙相识，因志趣相投，两人很快便结为知己。醉翁亭就是两人在山麓特意为游玩观赏而建造的小亭，欧阳修常同朋友到亭中游乐饮酒，又饮少辄醉，故而自称醉翁，"醉翁亭"也因此得名。

北宋末年，知州唐俗在醉翁亭旁建造了同醉亭；明代，醉翁亭得到扩建，相传当时房屋达到数百间；清代咸丰年间，醉翁亭已经颓圮。直到光绪七年（1881），废弃的醉翁亭在全椒观察使薛时雨的主持下才得到重建。醉翁亭不再仅仅是一座单独的小亭，亭院内还包括了九院七亭。景区内园中有园，景中嵌景，醉翁亭、影香亭、古梅亭、怡亭、意在亭、宝宋斋、览余台、冯公祠、二贤堂，称为"醉翁九景"。

醉翁亭亭台错落，布局雅致小巧，曲折幽深。北面有劈山而建的三间瓦房，隐没在绿荫中的二贤堂是为纪念欧阳修和王禹偶而建的，堂内悬挂二联，分别是"醒来欲少胸无累，醉后心闲梦亦清""谪往黄冈执周易焚香默坐岂消遣乎，贬来滁上辟丰山酌酒述文非独乐也"。

出醉翁亭往西，是专门收藏宋代珍宝的宝宋斋，斋内有两块石碑，刻有苏东坡手书的欧阳修《醉翁亭记》全文，笔画较深，神韵飘逸，称为"欧文苏字"。唯一令人惋惜的是原碑文因人事变迁而磨损难辨了，现在的碑文乃是二十世纪八十年代初，琅琊山文物管理所复制后精心篆刻的。其附近则是后人为纪念冯若愚建造宝宋斋的善

◎醉翁亭	行而建造的冯公祠，影香亭、古梅亭、怡亭、意在亭则坐落在宝宋斋附近，各个亭落风格迥异，错落有致，景色绝佳。 　　醉翁亭总体建筑风格颇具江南园林之美，流觞曲水，粉墙镂窗。在醉翁亭旁不远处，更有泉水"甘如醍醐，莹如玻璃"的让泉，水入池中，再汇入山溪，终年泉水不断，泠泠作响。来过醉翁亭的人无不为这里的清幽宁静、诗情画意而赞叹，"翁去八百载，醉乡犹在；山行六七里，亭影不孤"，欧阳修对醉翁亭的喜爱亦跨越时空影响着我们每个人的心绪。

初晴游沧浪亭

〔宋〕苏舜钦

夜雨连明 [1] 春水生，娇云浓暖弄 [2] 阴晴。
帘虚 [3] 日薄花竹静，时有乳鸠相对鸣。

注释

[1] 连明：直到天明。

[2] 弄：吴越方言，作的意思。

[3] 帘虚：指帘内没有人。

沧浪亭

〔宋〕欧阳修

子美[1]寄我沧浪吟，邀我共作沧浪篇，
沧浪有景不可到，使我东望心悠然[2]。
荒湾野水气象古，高林翠阜[3]相回环，
新篁[4]抽笋添夏影，老蘖[5]乱发争春妍，
水禽闲暇事高格，山鸟日夕相啾喧。
不知此地几兴废，仰视乔木皆苍烟，
堪嗟人迹到不远，虽有来路曾无缘。
穷奇极怪谁似子，搜索幽隐探神仙，
初寻一径入蒙密[6]，豁目异境无穷边。
风高月白最宜夜，一片莹净铺琼田，
清光不辨水与月，但见空碧涵漪涟。

注释

[1] 子美：指苏舜钦。
[2] 悠然：忧思深长的样子。
[3] 阜：土山。
[4] 新篁：新竹，亦指新笋。
[5] 蘖（niè）：指树木经砍伐后重新生长的枝条。
[6] 蒙密：指繁茂的草木。

清风明月本无价，可惜只卖四万钱，
又疑此境天乞与，壮士憔悴天应怜。
鸱夷[1]古亦有独往，江湖波涛渺翻天，
崎岖世路欲脱去，反以身试蛟龙渊；
岂如扁舟任飘兀，红蕖渌浪摇醉眠。
丈夫身在岂长弃，新诗美酒聊穷年，
虽然不许俗客到，莫惜佳句人间传。

注释

[1] 鸱夷：春秋越范蠡之号。

◎沧浪亭

　　沧浪亭，位于江苏省苏州市城南，与狮子林、拙政园、留园并称为"苏州四大园林"。

　　沧浪亭原为五代时期吴军节度使孙承祐建于南园一隅的池馆，后因年久失修，逐渐废弃；北宋庆历四年（1044），诗人苏舜钦极力赞成范仲淹及杜衍等人改革举措，得罪了朝中的保守派，后遭到贬谪，流寓于吴中。被贬之后的苏舜钦回归自然，以四万钱购得孙氏废园作为流寓之所，并在北部土山临水而筑亭，命名为"沧浪亭"，取自屈原《楚辞·渔父》中"沧浪之水清兮，可以濯吾缨。沧浪之水浊兮，可以濯吾足"。

　　现存关于沧浪亭的最早文字记载为苏舜钦所作的《沧浪亭记》，其中记载"访诸旧老，云钱氏有国，近戚孙承祐之池馆也。坳隆胜势，遗意尚存。予爱而徘徊，遂以钱四万得之，构亭北碕，号沧浪焉"。苏舜钦之后，沧浪亭屡易其主，先后为章庄敏（一说章申公）、龚熙仲、韩世忠所得。其中，名将韩世忠将亭改名为"韩园"。《百城烟水》记载"韩氏作桥两山之上，曰'飞虹'，张安国书扁。上有连理木，庆元间犹存。山之堂曰'寒光'，傍有台曰'冷风亭'，又有翊运堂，耿元鼎记。池侧有'濯缨亭'，梅之亭曰'瑶华境界'，竹之亭曰'翠玲珑'，桂之亭曰'清香馆'"。元代，沧浪亭成为僧舍。僧宗敬、僧善庆均于此修行过。清康熙二十三年（1684），江宁巡抚王新命于此建造苏公祠；康熙三十四年（1695），江苏巡抚宋荦再建沧浪亭，沧浪亭也自此具有官府园林的性质；同治十二年（1873），巡抚张树声重修沧浪亭，并增建"明道堂"等配套建筑，奠定了今后沧浪亭的格局。

◎沧浪亭	但相应建筑后不幸毁于战火。 　　沧浪亭几经兴废，建筑形制早已不同原貌，今沧浪亭更是成为集假山、花墙、碑石等于一体的宋代园林，其结构精巧，布局自然，满园草木参差。山顶上有一座拥有卷棚歇山顶的石亭，石亭飞檐腾空，檐下为斗，上有仙童、鸟兽及花卉图案。亭额"沧浪亭"，乃晚清著名学者俞樾所书。石柱上有石刻对联："清风明月本无价；近水远山皆有情。"上联选自欧阳修《沧浪亭》"清风明月本无价，可惜只卖四万钱"，下联选自苏舜钦《过苏州》"绿杨白鹭俱自得，近水远山皆有情"。 　　沧浪亭园内环境清幽、雅致，以山林为核心，主要建筑有沧浪石亭、明道堂、面水轩、看山楼、五百名贤祠、仰止亭等。亭台楼阁穿插在假山、绿荫之中，每每移步换景，都仿佛置身新景物中，处处充满精细与用心。整个沧浪亭大气不失细腻，静谧不失声响，建筑结构无不古雅、精巧，整个风景无不精美、宜人。

湖心亭

〔明〕张道浚

湖上孤亭俯荻洲[1]，高甍[2]宛尔在中流。

鲛门月涌虚无夕，蜃宇云生潋滟秋。

堤柳萧萧霜影尽，沙鸥历历水痕浮。

飘零莫问行吟处，眇眇空怀北望愁。

注释

[1] 荻洲：地名。

[2] 高甍（méng）：高高的房屋。甍，屋脊。

◎湖心亭

　　湖心亭位处杭州西湖中央，原为疏浚湖中淤泥而堆砌的小岛，明嘉靖三十一年（1552），杭州知府孙孟扩建后上筑小亭，初名为"振鹭亭"，后改称"清喜阁"，明万历后才称为"湖心亭"。明代文学家张岱《湖心亭》记载："嘉靖三十一年，太守孙孟寻遗迹，建亭其上。露台亩许，周以石栏，湖山胜概，一览无遗。数年寻圮。万历四年，金事徐廷裸重建。二十八年，司礼监孙东瀛改为清喜阁，金碧辉煌，规模壮丽，游人望之如海市蜃楼。烟云吞吐，恐滕王阁、岳阳楼俱无甚伟观也。"湖心亭屡建屡毁，现存建筑乃1953年重建的成果。

　　重建后的湖心亭为两层殿宇式楼阁，金黄琉璃瓦盖顶，翘角飞檐，雕梁画栋，建筑精美。亭中伫立有石碑一块，上面写着"虫二"二字，笔力雄健有力、游云惊龙。其出自清乾隆帝之手。相传，乾隆南巡杭州，于湖心亭宴请大臣，登临湖心亭只觉雄丽空阔，月影徘徊，一片祥和，乾隆帝顿时起了兴致，便召集众臣，说道："朕要在这儿留下两字给美景增辉，至于这两个字，朕想先由朕出题，再由众卿从题中猜来。"众臣听后齐声答道："请皇上出题。"乾隆帝思忖片刻，取元代诗人侯克中《过友生新居》中"西湖风月无边景，都在诗翁杖履中"一句，说道："风月无边。"之前信誓旦旦的各位大臣，此时却犯了难，面面相觑，一时哑口无言。正当犯难之际，大名鼎鼎的"铁齿铜牙"纪晓岚神情自若地答道："皇上，'风（風）''月'都没有了边，这剩下的不就是'虫二'两字了嘛，您看臣说的有错吗？"乾隆帝听完大悦，感服于纪晓岚的才情，便随即挥毫写就"虫二"二字，引来一片叫好。

◎湖心亭	湖心亭环岛皆水，环水皆山，每每夕阳晚照或新月初升之时，无限美景在亭中，让人沉醉不已。登临湖心亭远眺四周，更是平阔无垠，视野极佳，烦恼忧愁如同浮云远去，心胸也瞬间开阔、敞亮，因此"湖心平眺"作为清西湖十八景之一，实至名归。明代文学家张岱的《湖心亭看雪》妙笔生花，更是将湖心亭的意境抬升到缥缈仙境里，其言："大雪三日，湖中人鸟声俱绝。是日更定矣，余拏一小舟，拥毳衣炉火，独往湖心亭看雪。雾凇沆砀，天与云、与山、与水，上下一白。湖上影子，惟长堤一痕、湖心亭一点，与余舟一芥、舟中人两三粒而已。"

重过陶然亭作

〔清〕鄂尔泰

朝出城南隅，逍遥重游眺。
池塘秋水清，远峰衔 [1] 夕照。
山鸟如故人，山花亦含笑。
幽亭风日佳，伫立领 [2] 众妙。
怀抱自空明，忘情独长啸。
即此得真意，无乃卫生要。

注释

[1] 衔：用嘴含住。
[2] 领：领会、体会。

与梦得沽酒闲饮且约后期

〔唐〕白居易

少时犹不忧生计，老后谁能惜酒钱。
共把十千[1]沽一斗，相看七十欠三年。
闲征雅令[2]穷经史，醉听清吟[3]胜管弦。
更待菊黄家酝熟，共君一醉一陶然。

注释

[1] 十千：十千钱。
[2] 雅令：高雅的酒令。
[3] 清吟：指清雅地吟唱诗句。

◎陶然亭

陶然亭，位于北京市区南部，为中国四大历史名亭（醉翁亭、陶然亭、爱晚亭、湖心亭）之一，始建于清康熙三十四年（1695）。时任窑厂监督的工部郎中江藻感怀而建。当时江藻监管窑厂之暇，见窑厂附近的元代古刹慈悲庵周围环境清幽，便在慈悲庵的西面建构小亭，取名"陶然亭"。亭名取自唐代诗人白居易《与梦得沽酒闲饮且约后期》中"更待菊黄家酝熟，共君一醉一陶然"一句。另款识"康熙乙亥仲夏，汉阳江藻题并书"。

陶然亭建成后，江藻于此饮酒赋诗，宴饮朋友，但后觉小亭略显局促，便"更撤其亭而轩之"，将小亭改建成了敞轩，周围更"下凿方池，环以修廊，曲折相引"，在敞轩以东还"叠石为平台，临台架屋三楹"。整个建筑规模较以往增扩许多，环境也更加清幽，颇具园林样貌。虽小亭经由扩建，已变成今天慈悲庵的三间敞轩，但人们仍将其称为"陶然亭"，因小亭为江藻所建，故而后人又称其为"江亭"。陶然亭建成后吸引了无数的文人、官吏到此游玩，因此也留下了许多名词佳句，清代文学家翁方纲题联云："烟笼古寺无人到；树倚深堂有月来。"清代禁烟大臣林则徐亦题联云："似闻陶令开三径；来与弥陀共一龛。"

后经时代变迁，陶然亭风采不再，那里荒草连绵，断壁残垣，逐渐成为失意人消遣内心苦闷、饮酒悲歌的去处。直到中华人民共和国成立后，陶然亭才重获新生，迎来了一次全新的蜕变，重建后的陶然亭摇身一变成了公园。重建后的公园以陶然亭为中心，并辟有月季园、植物标本园等，迁来清音阁、云绘楼等楼台水榭，整个公园环

素描——陶然亭

幽亭风日佳，伫立领众妙。
怀抱自空明，忘情独长啸。
——〔清〕鄂尔泰

◎陶然亭	境优美、静谧，今天声名远扬的陶然亭公园就是这样形成的。 　　以往的苇塘经过挖掘、改造，变成了清澈见底的一弯清湖，向东、西两面延伸开去，湖面开阔，视野极佳。过去烧砖的窑台得到保存，慈悲庵也得到了重新修缮。重修的慈悲庵保留了原先建筑的布局与结构，文昌阁前的石经幢残部亦被恢复到了原来的位置上，当初江藻及其族兄江皋所写的"陶然亭"三字和"陶然亭记"两块石刻也跨越了历史，重新得到修复，镶嵌在敞轩的南山墙上。这些包含历史遗迹的物件，得到修缮，焕发出独特的光芒，向今人讲述它们的故事，实在是令人欣喜与感动。

永遇乐·京口北固亭怀古

〔宋〕辛弃疾

　　千古江山，英雄无觅，孙仲谋处。舞榭歌台，风流总被，雨打风吹去。斜阳草树，寻常巷陌，人道寄奴曾住。想当年金戈铁马，气吞万里如虎。

　　元嘉草草，封狼居胥[1]，赢得仓皇北顾。四十三年，望中犹记，烽火扬州路。可堪回首，佛狸祠[2]下，一片神鸦社鼓。凭谁问：廉颇老矣，尚能饭否[3]？

注释

[1]封狼居胥：指霍去病追击匈奴至狼居胥山（在今内蒙古自治区西北部），封山筑土坛以祭山神，纪念胜利而还。

[2]佛狸祠：元嘉年间南朝宋文帝北伐军败，北魏太武帝拓跋焘率兵追至瓜埠，在那里筑了一座行宫，后改祠庙，称"佛狸祠"。佛狸为拓跋焘的小名。

[3]"凭谁问"二句：词人以廉颇自比，表达自己还能为国效力却不被重用的忧愤。

◎北固亭

北固亭，又称"北固楼""北顾楼"，位于今江苏省镇江市的北固山上，面临长江，三面环水，地势险要。因年代久远且记录不详，故北固亭的真实建筑时间与具体位置，其与北固楼是否为同一建筑已不可考。

另外相传，东晋蔡谟登临北固山，首起楼其上，用来贮存军实。谢安在这里时再次修葺了此楼，但无奈时间一久，楼体逐渐崩坏，只留下道路狭窄的梯道和颓圮的亭楼。大同十年（544），梁武帝萧衍登上京口北固楼，发出"此岭不足固守，然京口实乃壮观"的感慨，故楼更名为"北顾楼"。梁武帝萧衍留下《登北顾楼》诗，其子梁简文帝萧纲也留下《奉和登北顾楼》诗。

北固亭承载了众多的历史痕迹，这也引得无数文人墨客登高后怀古伤情，留下了传唱千古的"北固亭"绝句。其中最为脍炙人口的诗歌要数南宋镇江知府、著名词人辛弃疾的《永遇乐·京口北固亭怀古》和《南乡子·登京口北固亭有怀》。

现在的北固亭乃明代建筑遗物，为明代崇祯年间所建，亭子四柱鼎立，四角飞起，结构严密，造型精巧。亭上有一对联，上联为"客心洗流水"，下联为"荡胸生层云"。对联十分贴切北固亭的风景建筑，正如昼夜不息的江水洗涤着人们的心灵，同时也激荡着人们的遐思。

乌栖曲 [1]

〔唐〕李白

姑苏台上乌栖时，吴王宫里醉西施。
吴歌楚舞欢未毕，青山犹衔半边日。
银箭金壶 [2] 漏水多，起看秋月坠江波，东方渐高奈乐何！

注释

[1] 乌栖曲：六朝乐府《清商曲辞》西曲歌调名。
[2] 银箭金壶：指古代记时用的刻漏。

◎姑苏台

姑苏台，又称"姑胥台""胥台""苏台"，位于苏州城外西南隅的姑苏山上。春秋末期，伍子胥从楚国逃往吴国，成为吴王阖闾的重臣。相传，姑苏台最初由吴王阖闾兴建，夫差继位后继续修建，因在吴语中，"胥"和"苏"读音相近，故而发展过程中，"姑胥"逐渐变成了"姑苏"。

《尔雅·释宫》载"四方而高曰台"，台的作用也开始从最初的巫师望气、储藏珍宝、军事观察发展到后来的以台为名，占用资源，建造离宫别苑。姑苏台建造的目的就出于后者，是帝王用以消遣娱乐的楼台。因此，姑苏台，不单指一座楼台，还指以此为中心的离宫别苑。但令人惋惜的是，夫差十四年（前482），耗时多年建成的姑苏台却不幸在吴越战争中付之一炬，现仅发现烽火墩遗址，姑苏台的具体形制只能从古籍记载中探寻一二。南朝梁任昉《述异记》载："周旋诘屈，横亘五里。崇饰土木，殚耗人力。宫妓千人，台上别立春宵宫，为长夜之饮。造千石酒钟，又作天池，池中造青龙舟，舟中盛致妓乐，日与西施为嬉。又于宫中作海灵馆、馆娃阁，铜沟玉槛。宫之楹榱，皆珠玉饰之。"从记载可知，姑苏台辉煌豪奢，壮丽甚极！

现存的姑苏台乃是近年新建的大型仿古游乐场所，西依上方山，东濒石湖，有石湖串月胜景，是乡间休憩、赏景怡情的绝佳景地。景观主要分为文化区、表演区两大部分。文化区以先秦春秋时期风貌的仿古建筑群两两相对布局。姑苏台对面是拜郊台，是吴祭祀之地，其样式和北京天坛相仿，底层为圆形，作12等分，列有12

◎姑苏台	个惟妙惟肖的生肖动物，上层则为方形。伍子胥祠对面则是范蠡祠，伍子胥祠内有伍子胥的彩色巨像。两壁有大型壁画，描述了伍子胥辅佐吴王和建造苏州城的故事。范蠡祠内祭祀的是激流勇退、弃官从商，被后世尊为商界祖师爷、商神和财神的政治家范蠡。壁画上形象地勾画了范蠡与西施的爱情故事。表演区集吃喝玩乐于一体，包括民族风情园、趣味竞技场、演武场和小吃一条街等。

登咸阳凤凰台 [1]

〔清〕张大森

台起凌虚空，丹凤栖云表。

磴道挂三峰，首尾俱缭绕。

立神擎栋宇，天风响柏杪 [2]。

开户吞明月，卷帘惊宿鸟。

千家树稀密，万里烟昏晓。

秋色何处来，不忍肆凭眺。

秦宫粉黛假，五陵尽荒渺。

土穴窜鼯鼬 [3]，残碑杂蓲莜 [4]。

还念尘世间，荣枯徒扰扰。

唯有南山色，亘古青未了。

注释

[1] 凤凰台：因其建筑上有庙宇，檐牙交错，形制颇似凤凰，故名。

[2] 柏杪：风吹动柏树梢头的声音，此处用来暗指凤凰台的高耸。

[3] 鼯鼬：泛指兽类。

[4] 蓲莜：丛生的野草。

◎咸阳
　凤凰台

凤凰台位于陕西咸阳市区内，为明清建筑风格，砖木结构，琉璃彩绘，气势恢宏。凤凰台原为咸阳古城楼，登台眺望，南有终南翠嶂，北有毕原青冢，东西南北，尽收眼底。

相传，凤凰台建于明洪武年间，是在扩建渭水驿北门城垣的基础上修建而成的，檐廊参差，建筑雅致。《列仙传拾遗》记载："萧史善吹箫，作鸾凤之响。秦穆公有女弄玉，善吹笙，公以妻之，遂教弄玉作凤鸣。局十数年，凤凰来止。公为作凤台，夫妇止其上。数年，弄玉乘凤，萧史乘龙去。"另说"以旧北门楼为之，地形似凤，故名"。凤凰台坐北向南，台基宽厚、高耸，台上有中殿和东西两座配殿，中间两殿前后纵排，殿顶为硬山灰瓦顶，东殿殿顶为硬山琉璃瓦顶，殿内供三大白像，西殿供三大菩萨像，后殿内供无量佛像，壁内布满彩塑，墙外则镶有琉璃彩塑的神话故事浮雕。前、左、右各有磴道，前磴道较陡，共二十四级台阶，左右磴道较前磴道缓平，各二十九级台阶。台前有石碑坊、石墩狮子、铁塔等搭配物，整体协调和谐，浑为一体。

中华人民共和国成立以后，凤凰台是咸阳市人民政府的驻地，后又设为文化馆、图书馆、职工住宅等；近年，政府对凤凰台东台墩和东殿进行了抢救性维修，对凤凰台北台墩、中殿和南台墩等也进行了加固维修。修葺后的凤凰台古建筑群逐渐成为咸阳市著名的景观和旅游点，吸引众多游人前来游玩、驻足。

登金陵凤凰台 [1]

〔唐〕李白

凤凰台上凤凰游，凤去台空江自流。

吴宫花草埋幽径，晋代衣冠成古丘 [2]。

三山半落青天外 [3]，二水 [4] 中分白鹭洲。

总为浮云 [5] 能蔽日，长安 [6] 不见使人愁。

注释

[1] 凤凰台：故址在今江苏省南京市凤凰山。

[2] 古丘：古墓。

[3] "三山"句：三山的上半部分因为距离极远，被云雾遮蔽而看不清楚。三山，山名，因三峰并列，南北相连而得名。

[4] 二水：指秦淮河流经南京后汇入长江，被白鹭洲横截，分为二支。一作"一水"。

[5] 浮云：既指诗人西北望长安所见实景，又比喻皇帝身边挑拨离间、蒙蔽皇帝的奸臣。

[6] 长安：指朝廷和皇帝。

◎凤凰台

凤凰台，故址在南京市秦淮区凤台山上，在城之东南，四顾江山，下窥井邑，是一览金陵全貌的绝佳场地。

相传，南朝宋元嘉年间有凤凰翔集于此，并引得成百上千的鸟类跟随其比翼而飞，形成"百鸟朝凤"的盛大景象。许慎《说文解字》记载："凤，神鸟也……五色备举。出于东方君子之国，翱翔四海之外，过昆仑，饮砥柱，濯羽弱水，莫宿风穴。见则天下大安宁。"古人认为此景是太平盛世的象征，于是便在此修筑高台，种植梧桐，修筑庙宇，并以凤凰命名，以祈祷风调雨顺，国泰民安。

据考，李白慕名而来，登临凤凰台之时，凤凰台已是凤去楼空，由东吴大帝建造起来的壮丽宫殿，如今只剩下了荒草横生，一片苍凉。诗人眼前只是一片稍稍隆起的丘原，远眺青天山影，也只是荒凉沉寂之景，不觉忧从中来，便临江赋诗一首，这便是著名的《登金陵凤凰台》的写作背景。凤凰台之典虽然起源于南朝，成名却在唐宋，李白这首名篇可谓是赋予了凤凰台灵魂与底蕴，在其笔下，凤凰台熠熠生辉，承载着游人与诗人的款款情绪。李白的力量使得凤凰台知名度迅速提高，但令人惋惜的是，凤凰台至南宋虽历经数次重建，却最终圮废，如今只剩下来凤街、凤台路。

"置酒延落景，金陵凤凰台。长波写万古，心与云俱开。借问往昔时，凤凰为谁来。凤凰去已久，正当今日回。"（《金陵凤凰台置酒》）与"苍苍金陵月，空悬帝王州。天文列宿在，霸业大江流。绿水绝驰道，青松催古丘。台倾鸤鹊观，宫没凤凰楼。"（《月夜金陵怀古》）都是

◎凤凰台	诗人李白胸中笼盖，口里吐吞。台倾宫没，眼前光景，又岂能不引起诗人的万古忧虑？ 　　同以凤凰台为吟咏对象的，还有杨万里的"千年百尺凤凰台，送尽潮回凤不回。白鹭北头江草合，乌衣西面杏花开。"（《登凤凰台》），乔吉的"凤凰台，金龙玉虎帝王宅，猿鹤只欠山人债，千古兴怀。"（《殿关欢·登凤凰台》），都是神韵超然、绝去斧凿的诗作。

登金陵雨花台望大江

〔明〕高启

大江来从万山中，山势尽与江流东。

钟山如龙独西上，欲破巨浪乘长风 [1]。

江山相雄不相让，形胜争夸天下壮。

秦皇空此瘗黄金，佳气葱葱至今王 [2]。

我怀郁塞何由开，酒酣走上城南台 [3]。

坐觉苍茫万古意，远自荒烟落日之中来。

石头城下涛声怒，武骑千群谁敢渡。

黄旗入洛竟何祥，铁锁横江未为固。

前三国，后六朝，草生宫阙何萧萧。

英雄乘时务割据，几度战血流寒潮。

我生幸逢圣人 [4] 起南国，祸乱初平事休息。

从今四海永为家，不用长江限南北。

注释

[1] "欲破"句：化用《南史·宗悫传》"愿乘长风破万里浪"。宗悫年少有大志，其叔父问其愿，宗悫曰："愿乘长风破万里浪。"
[2] 王：同"旺"，兴盛。
[3] 城南台：指雨花台。
[4] 圣人：指明太祖朱元璋。

雨花台二首·其一

〔清〕程康庄

高原聊一上，花雨想空蹊。
赊酒[1]还青幔，分曹自白题。
烟销孤塔涌，树尽众山低。
云气苍梧是，风前望不迷。

注释

[1] 赊（shi）酒：赊酒。

◎雨花台

雨花台位于今南京市雨花台区中华门外1千米处，高约100米，长约3.5千米，顶部呈平台状，由3个山岗组成，是南京城南的"制高点"，历代有"金陵南大门"之称。因为雨花台特殊的地理位置，使得雨花台成为兵家必争之地，从东吴孙策攻破刘繇到南宋金兵入侵，这里炮火不断，烽火连天。

抛去雨花台被人们赋予的政治地位、教育意义，它本身还是一座登高远眺的佳地。雨花台，三国时期，称为"石子岗"，因为岗上有许多五彩石，故又称"玛瑙岗"。现在的雨花台仅是石子岗东边的一部分。

关于雨花台名称的起源，还有一个美丽的故事。相传，南朝梁武帝时期，佛法盛行，雨花台一带寺庙林立，其中有一位名叫云光法师的高僧在此地讲经，广施恩德。高僧精通佛法，底蕴深厚，讲起经来滔滔不绝，听者更是醍醐灌顶，收获颇深。此举也许是感动了佛祖，一天高僧讲经时，天光一闪间，突然天上下起了七彩花朵，如雨坠下，连绵不绝，那些降到地上的七彩花朵更是神奇地化作了一颗颗晶莹剔透的雨花石。正如"高僧说法感上苍，花如雨点落石岗"，雨花台便由此得名。

雨花台还是历代文人墨客乃至帝王将相相继吟咏的对象，诸如："雨花台上草青青，落日犹衔木末亭。一线长江三里寺，千年鹤唳九秋萤。"（余怀《雨花台》）"说法雨曼陀，高风宛如昨。坐久寂无人，惟有松花落。"（钱大昕《雨花台》）"衰柳白门湾，潮打城还。小长干接大长干。歌板酒旗零落尽，剩有渔竿。秋草

◎雨花台	六朝寒，花雨空坛。更无人处一凭阑。燕子斜阳来又去，如此江山！"（朱彝尊《卖花声·雨花台》）这些诗篇都给人留下了难以磨灭的印象。

铜雀台

〔南北朝〕荀仲举

高台秋色晚，直望已凄然。
况复归风便[1]，松声入断弦。
泪逐梁尘下，心随团扇捐[2]。
谁堪[3]三五夜，空对月光圆？

注释

[1] 便：指随风飞舞回旋的样子。
[2] 捐：舍弃。
[3] 堪：忍受。

◎铜雀台

铜雀台位于今河北省邯郸市临漳县城西南地区。东汉建安十五年（210），曹操于邺城建铜雀台，其南侧为金虎台，北侧为冰井台，中间有阁道式浮桥连接，这三台并称为"曹魏三台""铜雀三台"。

铜雀台台高十丈，高大壮观，甚至公孙瓒的易京、董卓的郿坞都望尘莫及。铜雀台殿宇多达数百间，其楼顶上立有一只展翅欲飞的铜雀，铜雀台因此得名。立于其上的铜雀也深藏用意。相传，曹操梦到金光飞到某处便消失了，醒来后命人在此处挖掘，结果挖掘出一只铜雀。谋士荀攸认为昔有舜母梦雀而诞舜，此乃祥瑞之兆。曹操听完大喜，便修建了著名的铜雀台。不过这种传说，乃是《三国演义》中的撰写，真实性还得打上问号。

曹操修建铜雀台表面是借修筑高台祈祷作物丰收、国泰民安，实则是"醉翁之意不在酒"，其欲借此向天下人昭告自己的雄心与壮志，同时借高台提高邺城的军事防御能力，以此达到守卫城土完整的目的，可谓是用心良苦。据《三国志·魏志》记载："铜雀台新成，公将诸子登之，使各为赋。次子曹植，才思敏捷，援笔立就，写下了《登台赋》，传为美谈。"曹操的喜悦之情，可谓是溢于言表。

铜雀三台的建成确实巩固了曹操的地位，邺城被成功地作为了他争取天下的大本营。除了军事、政治上的作用，铜雀台背后还蕴含着深深的文化意味，其建成对建安文学的形成与发展无疑起到巨大的推动作用。铜雀台建成之后，曹操求贤若渴，广招文人，这些满怀诗意与才情的文人在此诗酒赋诗，交流思想，以文会友，创作了许

◎铜雀台	多为人称颂的经典作品。同时，魏晋清商乐也诞生于铜雀台，这种将五言新声融进雅乐的清商乐自诞生便逐渐成为魏晋六朝音乐文化的主流，对后世音乐创作产生了深远的影响。 　　十六国后赵建武帝石虎，在原十丈高的基础上又增高二丈，在屋上也另起五层，高十五丈，去地二十七丈，另外掘有两口井，用来储存珍宝、食物，名为"命子窟"；北齐天保九年（558），铜雀台经重修后改名"金凤台"；元末，漳河暴发洪水，铜雀台也因此遭冲毁，但毁坏不大；到了明末时期，铜雀台大半都遭到毁坏。以往宏伟的巨大高台如今已化为废墟，剩下不足十米的夯土堆，令人惋惜。

第二章　楼阁

· LOUGE

登鹳雀楼

〔唐〕王之涣

白日依^[1]山尽，黄河入海流。
欲穷^[2]千里目，更上一层楼。

注释

[1] 依：靠着。
[2] 穷：尽。

◎鹳雀楼

鹳雀楼，又名"鹳鹊楼"，位于山西永济的蒲州古城，与湖北武汉黄鹤楼、湖南岳阳岳阳楼、江西南昌滕王阁并称为"四大名楼"。关于鹳雀楼名称的由来，一说，《唐诗解》注："《一统志》：'鹳鹊楼，在平阳府蒲州城上。雀、鹊声相近，疑传写之误。'"又传："旧楼在郡城西南，黄河中高阜处，时有鹳雀栖其上，遂名。"

南北朝的北周时期，北周大冢宰宇文护于蒲州始建鹳雀楼，据《蒲州府志》记载，楼似塔形，下粗上细，高三层，前瞻中条，下瞰大河，形制古朴，为木制结构。唐朝李翰《河中鹳雀楼集序》也曾记载："宇文护镇河外之地，筑为层楼，退标碧空，倒影横流，二百余载，独立乎中州。以其佳气在下，代为胜概。"鹳雀楼历经唐、宋，存世数百年，但不幸于元初在战火中毁坏，仅存故址。明朝初年，鹳雀楼故址尚存，后因黄河长期泛滥，极大地影响了鹳雀楼的稳固性，故其旧址今天已难寻觅。后重修鹳雀楼受到越来越多人的重视，1991年，参加全国第六届旅游地学学术研讨会的86位专家、教授、学者，联名倡议重建鹳雀楼；1997年，永济市破土动工，拉开了鹳雀楼复建工程的序幕，这是此楼自元初毁灭七百余年后的首次重建。重建后的鹳雀楼作为名楼享誉中外，吸引着国内外的游客前来登高望远、舒缓情志。

现存的鹳雀楼是仿唐建筑，为钢筋混凝土框架结构，外观四檐三层，内分六层，总高73.9米。诗因楼而生，楼因诗而名。"宇文护在戍边筑建层楼""王之涣鹳雀楼题诗名声外扬"等都是发生在鹳雀楼上的名人佳话。鹳雀楼富有感染力，让人流连忘返的风景与在文人墨客

◎鹳雀楼	笔下渲染出的哲理色彩都为它本身增光添彩，一句"欲穷千里目，更上一层楼"更是在岁月的洗礼中，成为万千人们心中的座右铭，刻画出中华儿女的精神底色，激励人们奋发向上，攀登一座座人生的新高峰。

　　鹳雀楼飞金流彩，高大恢宏，登临其上怀古思今之感便会油然而发。想与唐代诗人王之涣赛诗以一比高低的心情更是吸引了历代名流登临作赋。其中有李益的《同崔邠登鹳雀楼》："鹳雀楼西百尺樯，汀洲云树共茫茫。汉家箫鼓空流水，魏国山河半夕阳。事去千年犹恨速，愁来一日即为长。风烟并起思归望，远目非春亦自伤。"畅当的《登鹳雀楼》："迥临飞鸟上，高出世尘间。天势围平野，河流入断山。"这些诗篇都是堪比王之涣《登鹳雀楼》的名诗佳句。 |

黄鹤楼送孟浩然之广陵

〔唐〕李白

故人[1]西辞黄鹤楼，烟花[2]三月下扬州。
孤帆远影碧空尽[3]，唯见长江天际流。

注释

[1] 故人：老友，这里指孟浩然。
[2] 烟花：指繁花似锦的艳丽春景。
[3] 碧空尽：消失在碧蓝的天际。

◎黄鹤楼

黄鹤楼位于湖北武汉市武昌区的蛇山之巅，以清代"同治楼"为原型设计，是"江南三大名楼"（江西南昌的滕王阁、湖北武汉的黄鹤楼、湖南岳阳的岳阳楼）之一，黄鹤楼楼高五层，形制、规模宏大，外有胜像宝塔、碑廊、亭阁等辅助建筑相映衬，风格古朴又不缺乏现代感。

黄鹤楼名称的由来，一说是原楼建在黄鹄矶上，楼从山名。"鹄"为"鹤"也为后人的误念。一说是"仙人黄鹤"之说。祖冲之《述异记》记载："荀瑰，字叔伟，事母孝，好属文及道术，潜栖却粒。尝东游，憩江夏黄鹤楼上，望西南有物，飘然降自霄汉，俄顷已至，乃驾鹤之宾也。鹤止户侧，仙者就席，羽衣虹裳，宾主欢对。已而辞去，跨鹤腾空，渺然烟灭。"另说，黄鹤楼原为辛氏开设的酒店，《报恩录》记载："辛氏市酒（黄鹄）山头，有道士数诣饮，辛不索赀。道士临别，取橘皮画鹤于壁，曰：'客至，拍手引之，鹤当飞舞侑觞。'遂致富。逾十年，道士复至，取所佩铁笛数弄，须臾，白云自空飞来，鹤亦下舞，道士乘鹤去。辛氏即其地建楼，曰辛氏楼。"

黄鹤楼始建于三国吴黄武二年（223），《元和郡县图志》记载孙权始筑夏口故城，"城西临大江，西南角因矶为楼，名黄鹤楼"。这表明黄鹤楼最初是为了军事目的而建。晋灭东吴，三国归于一统以后，黄鹤楼失去其军事价值，逐步演变成官商行旅的观赏楼。唐永泰元年（765）黄鹤楼已具规模，然而兵火频繁，黄鹤楼屡建屡毁，直至1985年，新建的黄鹤楼完工并对外开放。

关于黄鹤楼的传说故事颇多，文人墨客留下的笔墨更是为黄鹤楼镀上一层金色，名声享誉海内外。"搁笔题

素描——黄鹤楼

故人西辞黄鹤楼，烟花三月下扬州。
孤帆远影碧空尽，唯见长江天际流。

——〔唐〕李白

◎黄鹤楼	诗，两人千古；临江吞汉，三楚一楼"将对崔颢和李白诗的极高评价与黄鹤楼自身优越的地理位置融在两行八字联中，兼具人文自然，平仄协调且言简意赅；清代名臣宋荦联云"何时黄鹤重来，且自把金樽，看洲渚千年芳草；今日白云尚在，问谁吹玉笛，落江城五月梅花"。联中化用李白《与史郎中钦听黄鹤楼上吹笛》"黄鹤楼中吹玉笛，江城五月落梅花"两句，描景抒情自然清丽，被清代梁绍壬称为"独有千古"，可谓评价极高。另外，崔颢的《黄鹤楼》"晴川历历汉阳树，芳草萋萋鹦鹉洲"，李白的《望黄鹤楼》"东望黄鹤山，雄雄半空出。四面生白云，中峰倚红日"，也都是千古流传的名句。

越王楼歌

〔唐〕杜甫

绵州州府何磊落，显庆年中越王作。
孤城西北起高楼，碧瓦朱甍[1]照城郭。
楼下长江百丈清，山头落日半轮明。
君王旧迹今人赏，转见千秋万古情。

注释

[1] 甍：屋檐。

◎越王楼

　　越王楼，又名"帝子楼"，位于四川绵阳的龟山上，踞龟山，傍涪水，揽绵州之胜。越王楼最早是由唐太宗的第八子越王李贞建造，始建于唐高宗显庆年间，彼时这位越王出任绵州刺史，亲自监工。朝廷修建越王楼的初衷之一是防御吐蕃入侵，保佑一方安宁。但与别的楼阁不一样的是，这座楼阁除在建造之初有一定的军事防御的功能外，还有栽梧桐引凤凰、招揽天下人才，带动绵阳文化经济发展的历史定位。唐天宝十四年(755)，安史之乱爆发，唐玄宗南下避祸，率王公大臣、家眷奴仆入蜀，越王楼被作为临时行宫。

　　越王楼曾数度毁损，几经重建。唐末宋初，越王楼被火焚烧，损失惨重；元朝进行了修复；明代亦重新修建，但其后的一场大火又将其彻底烧毁，仅剩越王台。复建后的越王楼呈唐式昂斗飞檐歇山式，共计15层，楼体的形制集阁、楼、亭、殿、廊、塔于一体，主楼高99米，居全国仿古单体建筑楼高之最。谪仙人李白的"危楼高百尺，手可摘星辰。不敢高声语，恐惊天上人"（《夜宿山寺》）被认为写的就是越王楼。

　　越王楼在完工后便吸引了无数文人墨客，其中不乏李白、杜甫这样的大诗人。因建立在山之巅，其景色之秀美也吸引了唐代以后的文人前来挥毫泼墨，在此留下了无数诗词。越王楼也得到了"天下诗文第一楼"的美誉。其中，卢栯的"图画越王楼，开缄慰别愁。山光涵雪冷，水色带江秋。云岛孤征雁，烟帆一叶舟。向风舒霁景，如伴谢公游"（《和于中丞登越王楼作》）、乔琳的"三蜀澄清郡政闲，登楼携酌日跻攀。顿觉胸怀无俗事，回

◎越王楼	看掌握是人寰。滩声曲折涪州水，云影低衔富乐山。行雁南飞似乡信，忽然西笑向秦关"（《绵州越王楼即事》）、李邺的"长听巴西事，看图胜所闻。江楼明返照，雪岭乱晴云。景象诗情在，幽奇笔迹分。使君徒说好，不只怨离群"（《和绵州于中丞登越王楼作》）等都是书写越王楼的佳作。

登岳阳楼

〔唐〕杜甫

昔闻洞庭水，今上岳阳楼。
吴楚东南坼[1]，乾坤日夜浮。
亲朋无一字，老病有孤舟。
戎马[2]关山北，凭轩涕泗[3]流。

注释

[1] "吴楚"句：吴楚两地被洞庭湖分隔开来。坼（chè），分裂。

[2] 戎马：指战争。

[3] 涕泗：眼泪和鼻涕。

◎岳阳楼

岳阳楼位于湖南省岳阳市古城西门城墙上，东倚金鹗山，南极潇湘，北通巫峡，紧靠洞庭湖，地理位置优越，可谓是"衔远山，吞长江，浩浩汤汤，横无际涯"。

岳阳楼构造古朴独特，台基以花岗岩围砌而成，主体三层，楼层建有檐廊、回廊，楼顶用琉璃覆盖，用彩画加以装饰，呈古代将军头盔式的"如意斗拱"结构，是中国仅存的盔顶结构的古建筑。楼体通身木质，不规则的四柱结构贯穿楼身，整座建筑全靠木制构件的相互勾连构成一体，各个构件之间的结点以榫卯相吻合，构成富有弹性的框架，庄严肃穆，结构严谨，极富建筑美，体现中国建筑的奇妙之处。

岳阳楼始建于东汉建安二十年（215），鲁肃在巴丘城西门城头修建了用以训练和检阅水军的阅军楼，这座气势恢宏、临岸而立的阅军楼后几经修缮，至唐开元四年（716），阅军楼经扩充，取名"南楼"，而岳阳楼定名则源于李白《与夏十二登岳阳楼》"楼观岳阳尽，川迥洞庭开"一句，与李白泛舟游湖的贾至留下的《岳阳楼重宴别王八员外贬长沙》也助推了岳阳楼的冠名。

除去李白的作用，岳阳楼真正声名大噪还要归功于杜甫、范仲淹等文人墨客的登楼赋诗，岳阳楼一层明柱上有联，上联云："一楼何奇？杜少陵五言绝唱，范希文两字关情，滕子京百废俱兴，吕纯阳三过必醉。诗耶？儒耶？吏耶？仙耶？前不见古人，使人怆然涕下！"下联云："诸君试看，洞庭湖南极潇湘，扬子江北通巫峡，巴陵山西来爽气，岳州城东道崖疆。潴者，流者，峙者，镇者，此中有真意，问谁领会得来？"从杜甫"戎马关

素描——岳阳楼

亲朋无一字，老病有孤舟。
戎马关山北，凭轩涕泗流。
　　　　——〔唐〕杜甫

| ◎岳阳楼 | 山北，凭轩涕泗流"到范仲淹"先天下之忧而忧，后天下之乐而乐"，从滕子京百废俱兴，重修岳阳楼再到吕洞宾三醉岳阳楼，这副楹联融人文自然于一体，气象宏放，含蓄深远，韵味悠长，耐人寻味。

孟浩然的"气蒸云梦泽，波撼岳阳城"（《望洞庭湖赠张丞相》）、白居易的"岳阳城下水漫漫，独上危楼倚曲栏。春岸绿时连梦泽，夕波红处近长安"（《题岳阳楼》）、袁中道的"九水愈退，巴江愈进，向来之坎窦，嗌不能受，始漫衍为青草，为赤沙，为云梦，澄鲜宇宙，摇荡乾坤者，八九百里。而岳阳楼峙于江湖交会之间，朝朝暮暮，以穷其吞吐之变态，此其所以奇也"（《游岳阳楼记》）等诗句更是字字珠玑，可谓是"楼之观，得水而壮，得山而妍"。 |

登瓦官阁

〔唐〕李白

晨登瓦官阁，极眺金陵城。

钟山[1]对北户，淮水入南荣[2]。

漫漫雨花落，嘈嘈天乐鸣。

两廊振法鼓，四角吟风筝[3]。

杳出霄汉上，仰攀日月行。

山空霸气灭，地古寒阴生。

寥廓云海晚，苍茫宫观平。

门余阊阖[4]宇，楼识凤凰名。

雷作百山动，神扶万栱倾。

灵光[5]何足贵，长此镇吴京[6]。

注释

[1] 钟山：在今南京市市东，又名紫金山、北山。
[2] 荣：指房屋屋檐两边翘起的部分。
[3] 风筝：指古时悬挂于屋檐下的金属片，又称风琴、檐铃、铁马。
[4] 阊阖：宫门名。
[5] 灵光：汉宫殿名，即灵光殿。
[6] 吴京：金陵之地，指南京市。三国时期，吴国曾建都于南京市，故称。

◎瓦官阁

瓦官阁，又称"升元阁""瓦棺阁"，位于江苏南京集庆路南侧，为梁武帝所建。《焦氏笔乘》续集卷七记载，晋哀帝兴宁二年（364），皇帝下诏将陶官移到淮水以北，后被赐予僧人慧力建寺，故名为"瓦官"。传说民间掘地发现有瓦棺，故又名为"瓦棺寺"。《江南通志》又载："昇元阁在城外，一名瓦棺阁，即瓦棺寺也。……晋始建寺，遂名。阁乃梁朝故物，高二百四十尺，南唐时犹存。"

瓦官阁大江回环，平畴远映，高达240尺。大诗人李白就曾在其《横江词六首·其一》中以瓦官阁衬托横江的凶险。词为："人道横江好，侬道横江恶。一风三日吹倒山，白浪高于瓦官阁。"

杨吴顺义中，寺改名为"吴兴寺"，阁名为"吴兴阁"。南唐升元元年（937），其故址上又建升元寺、升元阁。宋灭南唐，升元阁也随着战火遭到毁坏。现升元阁遗址所在的门西一带，经有关部门的保护性改造，已复建了凤凰台、杏花村、胡家花园等处，其历史容貌也得以浮现。

瓦官阁内还建有瓦官阁戏台。明代时，南京城内名角众多，其中马湘兰便是最为耀眼的一颗明珠。马湘兰，又称四娘，技艺高超，本领齐全。《列朝诗集小传》记载明代著名艺人马湘兰就曾在瓦官阁戏台演出过，其情景可谓"按子夜之新声，翻庭花之旧曲。瓦官阁下之潮，侬欲度而吟断"。

第三章　宫殿

· GONGDIAN

望未央宫 [1]

〔唐〕刘沧

西上秦原见未央，山岚川色晚苍苍。
云楼欲动入清渭，鸳瓦如飞出绿杨。
舞席歌尘空岁月，宫花春草满池塘。
香风吹落天人语，彩凤五云 [2] 朝汉皇。

注释

[1] 未央宫：汉代宫名，遗址在西安市未央区汉长安城。
[2] 五云：五彩的祥云。

◎未央宫

　　未央宫遗址位于西安市未央区汉长安城遗址西南部的西安门里，又称"西宫"。

　　汉七年（前200），"汉初三杰"之一的丞相萧何趁刘邦外出之际，在修缮长乐宫的同时又在其西南建造了未央宫。未央宫建造秉承"非壮丽无以重威"的建筑理念，《西京杂记》载："未央宫周回二十二里九十步五尺（约8800米），街道周回七十里。台殿四十三，其三十二在外，其十一在后。宫池十三，山六，池一、山一亦在后，宫门闼凡九十五。"整个未央宫包括东阙、北阙、前殿、武库和太仓等，宏伟壮丽到让高祖见之盛怒，《史记·高祖本纪》载："高祖还，见宫阙壮甚，怒，谓萧何曰：'天下匈匈苦战数岁，成败未可知，是何治宫室过度也？'萧何曰：'天下方未定，故可因遂就宫室。且夫天子以四海为家，非壮丽无以重威，且无令后世有以加也。'"最终，萧何凭借自己的游说能力不仅说服了高祖，还使得高祖从栎阳徙都到了长安，此举对后世也产生了深远的影响。

　　未央宫不仅规模宏大，且讲究精致。都城与宫城周长比例约为3:1，以此体现"九里之城，三里之宫"，旨在树立中央九五之尊的绝对权威。从宫城形制上来看，未央宫不同于其他宫殿，整体平面呈方形，严肃整齐，这种形制也影响了都城长安附近诸如高祖长陵、武帝茂陵、成帝延陵等的建筑形制；从宫殿建筑上来看，未央宫最宏伟的要数前殿，前殿的殿基利用龙首原丘陵建筑而成，由南向北分为三层，周围的宫室、楼观、亭台楼榭，"譬众星之环极，叛赫戏以辉煌"，紧紧围绕在未央宫前殿

◎未央宫	周围，更将前殿中央位置的优越突显殆尽。前殿、宣室、金华等主殿外，寿成、广明、椒房等配殿和天禄阁、朱雀堂、甲观等附属建筑也遵循同样的建筑法则。 除却未央宫的规模、形制、布局，其装饰也尽显皇权至上的要求，《三辅黄图》载："至孝武以木兰为棼橑，文杏为梁柱，金铺玉户，华榱璧珰，雕楹玉碣，重轩镂槛，青琐丹墀，左墄，右平，黄金为壁带，间以和氏珍玉，风至其声玲珑也。"未央宫注重装饰，豪奢至极，这也从侧面折射出统治者想要凸显身份地位、权力威严的心态。

邯郸宫人怨

〔唐〕崔颢

邯郸陌上三月春，暮行逢见一妇人。

自言乡里本燕、赵，少小随家西入秦。

母兄怜爱无俦侣 [1]，五岁名为阿娇 [2] 女。

七岁丰茸好颜色，八岁黠惠 [3] 能言语。

十三兄弟教诗书，十五青楼学歌舞。

我家青楼临道傍，纱窗绮幔 [4] 暗闻香。

日暮笙歌君驻马，春日妆梳妾断肠。

不用城南使君婿，本求三十侍中郎。

何知汉帝好容色，玉辇携归登建章。

建章宫殿不知数，万户千门深且长。

百堵椒涂接青琐，九华阁道连洞房。

水精帘箔云母扇，琉璃窗牖玳瑁床。

岁岁年年奉欢宴，娇贵荣华谁不羡？

恩情莫比陈皇后，宠爱全胜赵飞燕。

瑶房 [5] 侍寝世莫知，金屋更衣人不见。

谁言一朝复一日，君王弃世市朝变。

宫车出葬茂陵田，贱妾独留长信殿。

一朝太子升至尊，两宫人事如掌翻。

同时侍女见谗毁，后来新人莫敢言。

兄弟印绶皆被夺，昔年赏赐不复存。

一旦放归旧乡里，乘车垂泪还入门。

父母愍我曾富贵，嫁与西舍金王孙。

念此翻覆复何道，百年盛衰谁能保？

忆昨尚如春日花，悲今已作秋时草。

少年去去莫停鞭，人生万事由上天。

非我今日独如此，古今歇薄^[6]皆共然。

注释

[1] 无俦侣：没有同伴、伴侣，这里指无可匹敌。

[2] 阿娇：汉武帝的陈皇后即刘嫖之女，小名阿娇。这里指邯郸宫女小时候的娇贵，也称阿娇。

[3] 黠惠：聪明、机智。

[4] 绮幔：指华美的帐幕。

[5] 瑶房：美玉装饰的屋子。

[6] 歇薄：指风气浮躁，人情淡薄。

◎建章宫

　　建章宫建于汉武帝太初元年（前104），建章宫兴建的原因通常有两种说法：其一，汉武帝刘彻好大喜功，认为以未央宫为中心建造起来的长安城阻碍了宫城的发展、壮大，便在宫城西边建立起新的更宏大、更繁华的宫殿，即建章宫。这一点可以从《三辅黄图》"帝于未央宫营造日广，以城中为小，乃于宫西跨城池作飞阁，通建章宫"得到佐证。其二，传说建章宫的建造源于柏梁殿的一场大火。在建造建章宫之前，柏梁殿被一场奇异的大火烧成废墟，时粤地有习俗"复起大屋以厌胜之"，即通过建筑新的来压制某种不详之物。基于此习俗，汉武帝建造了建章宫。

　　建章宫与未央宫在布局、形制上极其相似。建章宫也是以前殿为中心，其他宫殿围绕在其周围，形成众星拱月之势。另外，建章宫也有和未央宫类似的高台式建筑，甚至有些建筑的名称也和未央宫完全一样。但相较于相似性，建章宫和未央宫更有着明显的差异。建章宫平面呈东西长、南北窄的长方形，规模更为宏大；在整体风格的建制上，建章宫虽是皇家建筑，但是更突出园林风格。前殿周围东南部分为官府区和主要的宫区，西北部则是后宫区和园林区，而其园林化的风格主要体现在其水体景观上，其中太液池、唐中池、孤树池、琳池、影娥池这五个景观水体最为著名。

　　以太液池为例可窥探一二，《史记·孝武本纪》载："其北治大池，渐台高二十余丈，名曰太液池，中有蓬莱、方丈、瀛洲、壶梁，象海中神山，龟鱼之属。"《西京杂记》又载："太液池边皆是雕胡（茭白之结实者）、

◎建章宫	紫择（葭芦）、绿节（茭白）之类……其间凫雏雁子，布满充积，又多紫龟绿鳖。池边多平沙，沙上鹈鹕、鸊鹈、鹪青、鸿鹍，动辄成群。"这些亭台楼阁多以山水风景、人工斧凿相互搭配而出彩，景观丰富，清幽淡雅，是汉武帝及其宫人游玩赏乐的佳处。
	建章宫从整体布局到风格建制，都大大地突破了以往的皇家建筑，它更突出宫殿内的山水草木的作用，顺应自然地理趋势，将自然的山水融入人为的景观中，而不过多破坏自然本来的面目，是"天人合一"思想的最好彰显。其中，"一池三山"的布局更是使得园林建筑开始了新的标准，人工造景也开始了不同以往的真正的艺术活动。

和贾至舍人早朝大明宫之作

〔唐〕王维

绛帻鸡人 [1] 报晓筹，尚衣方进翠云裘 [2]。

九天阊阖 [3] 开宫殿，万国衣冠拜冕旒。

日色才临仙掌动，香烟欲傍衮龙 [4] 浮。

朝罢须裁五色诏，佩声归到凤池头。

注释

[1] 绛帻鸡人：头戴红色头巾、学鸡鸣叫以报时的卫士。

[2] 翠云裘：绣有翠绿色云纹的皮衣。

[3] 阊阖：天门，指皇宫正门。

[4] 衮龙：皇帝的龙袍。

◎大明宫

大明宫位于今西安市，是世界上规模最大的砖木结构的宫殿群，同时也是唐朝时期最为经典的宫殿建筑群，其占地面积极大，堪比三个凡尔赛宫、四个紫禁城。宫殿巍峨雄伟，雍容华贵，有吞吐日月、海纳百川之势。

大明宫的建造起于唐太宗李世民为其父李渊建筑避暑胜地，贞观八年（634），唐太宗就开始盘基创制，后经过贞观年间的营建，宫区范围和基本格局逐步建立，宫殿具备了最初的形制。在长安城东北角修建的永安宫，后来改为了大明宫，唐高宗李治加以扩建后，改称为"蓬莱宫"，咸亨元年（670）改为"含元宫"，直到长安元年（701）才又复名为"大明宫"。

大明宫虽然受到地形的影响，宫内有些建筑排列不规整，坐向也并非全是坐北朝南，但在整体布局上仍然是"前朝后寝"，按照中轴来布置其他殿堂。中轴线由丹凤门和玄武门连接而成，南端是含元殿、宣政殿、紫宸殿三个大殿，用以举行国家庆典、临朝听政、处理军政要务，构成政治权力的中心，三殿布局严谨对称，注重等级森严、皇权至上；北端则是皇家休闲放松的离宫别苑。

大明宫太液池延续了西汉建章宫"一池三山"的布局，位处龙首原北坡下低处，分东西二池。其周围建有大量建制规整的廊庑、院落，这些占地广大的宫殿是皇帝后妃的专门居住之所。太液池南面建有清思殿，北面建有唐玄宗听曲的梨园及大角观、三清殿等道观，位于东、西面的含凉殿、麟德殿更是匠心独运，体现实用主义。据说，含凉殿依水而建，甚至还在室内和宫殿周围装上了用以制冷的机械设备，劳动人民的智慧可见一斑。麟

◎大明宫	德殿虽也是皇帝用以聚会宴饮的场所，但是它的建制更为复杂，规模较之其他娱乐宫殿更为宏大，殿所分为前、中、后三殿，建筑单、双层配合，共同构成一组大型建筑群，主次分明，威武兼具轻巧。 　　大气雄浑的大明宫作为政治的舞台，最终也随着唐朝的衰败走向没落。公元904年，节度使朱温下令摧毁长安民房与宫殿，更是使大明宫遭到致命的摧毁，最终令其成为历史的过客。可谓是"龙首原头觅旧宫，柱基犹在殿宇平。帝王宰相思春女，都付尘埃草木中"。

华清宫

〔唐〕张继

天宝承平奈乐何，华清宫殿郁[1]嵯峨。
朝元阁峻临秦岭，羯鼓楼高俯渭河。
玉树[2]长飘云外曲，霓裳[3]闲舞月中歌。
只今惟有温泉[4]水，呜咽声中感慨多。

注释

[1] 郁：深邃的样子。
[2] 玉树：指《玉树后庭花》。
[3] 霓裳：指《霓裳羽衣曲》，亦为舞名。
[4] 温泉：指华清池。

◎华清宫

华清宫，又称"华清池"，位于陕西西安市临潼区南骊山西北麓，南依骊山，北邻渭水。

西周幽王曾在此大兴土木，修建离宫别苑、军事设施，只为博得褒姒美人一笑，烽火戏诸侯，最终落得身首异处，丢失天下的悲剧下场；公元前3世纪，秦始皇也在此劳民伤财，砌石起宇，修建骊山陵园和"骊山汤"，杜牧《阿房宫赋》记载"骊山北构而西折，直走咸阳"，从此便可知其豪奢至极；公元前2世纪左右，汉武帝虽有可容"千乘万骑"的建章宫，但仍在秦"骊山汤"的基础上重新扩建为"骊宫"；唐太宗李世民贞观十八年（644），在此利用温泉水建设"汤泉宫"，并作《温泉铭》，唐高宗李治后将"汤泉宫"改名"温泉宫"，至天宝六年(747)，唐玄宗李隆基扩建后又将其改称为"华清宫"。因为华清宫位于泉上，故又名"华清池"。"春寒赐浴华清池，温泉水滑洗凝脂"说的就是唐玄宗带杨贵妃沐浴的事情。

唐玄宗善音律、懂乐器、迷音律，因此便在华清宫内修建了著名的梨园。《旧唐书·音乐志一》记载："玄宗又于听政之暇，教太常子弟三百人为丝竹之戏，音响齐发，有一声误，玄宗必觉而正之，号为皇帝弟子，又云梨园弟子，以置院近于禁苑之梨园。"唐玄宗由此开设了我国历史上第一所集音乐、舞蹈、戏曲为一体的艺术机构——梨园，著名诗人贺知章、李白等都曾为梨园编写曲目，《霓裳羽衣曲》就是唐玄宗于那时亲自创作的。唐玄宗因其独特的历史作用与杰出的创作成果，被尊奉为中国戏曲的祖师爷，后世也多以"梨园界""梨园行"指代戏曲界。

| ◎华清宫 | 华清宫历经修缮、扩建，但其建筑形制、规模发展得最为壮观，名称得以确定的时期还是在唐玄宗统治期间。可以说，唐玄宗李隆基将华清宫推向了发展的顶峰。 |

然而盛极一时的华清宫于天宝十四年（755）"安史之乱"发生之后开始走向下坡路。"六军不发无奈何，宛转蛾眉马前死。花钿委地无人收，翠翘金雀玉搔头。君王掩面救不得，回看血泪相和流。"华清宫最终随着李隆基与杨贵妃的爱情悲剧一起画上了句号。此后，华清宫虽然经过五代、宋、元、明、清的局部修葺，但均未恢复当初的盛况。

近年来，后人在唐华清宫遗址上重新进行了修缮与建设，现在的华清宫集中着唐御汤遗址博物馆、西安事变旧址——五间厅、唐梨园遗址博物馆等文化区和飞霜殿、长生殿、环园和禹王殿等标志性建筑群。但因历史遗迹时间久、复原难度大，故诸如沉香殿、龙吟榭、飞霜殿、飞虹桥均为近代仿古建筑。

华清池不复昔日盛景，没有了"缓歌慢舞凝丝竹"，也没有了"翠华摇摇行复止"，历史的风云在此都化作了一缕轻烟，随风而逝，只留下凄凉悲惨的爱情故事被人们津津乐道。

御制清明日雍和宫行礼感成长句

〔清〕爱新觉罗·弘历

六载流光逝水同，凄怆孺慕思无穷。
当年侍膳跃[1]龙沼，此日含哀兴庆宫。
只拟承欢春梦里，可能聆训[2]午庭中。
徘徊欲去还留住，无限悲云满碧空。

注释

[1] 跃（yuè）：跳跃。
[2] 聆训：听受训教。

◎雍和宫

雍和宫，位于北京城内东北角，以建筑宏丽、佛像雕刻而著名。

明代，雍和宫曾是太监的官房，清康熙三十三年（1694），康熙帝在此建造府邸，作为其四子雍亲王胤禛的王府，人称"雍亲王府"。后胤禛登基，改雍亲王府为行宫，始称"雍和宫"。雍和宫里也因走出雍正、乾隆两位皇帝而被视为"龙潜福地"。

乾隆九年（1744），雍和宫改为寺庙，并特派总理事务王大臣负责管理。乾隆帝把雍和宫改为管理藏传佛教事务的中心有着深刻的用意，其原因大致有二：其一是出于团结民族、维系安宁的目的，乾隆帝抓住当地人民信仰佛教、虔诚信佛的秉性，特改雍和宫性质。其二是出于缅怀、报恩的个人情结。《御制雍和宫碑》载："念斯地为皇考藩潜所御，攸跻攸宁几三十载，神爽凭依，尚眷顾是，规制略备……深为龙池肇迹之区，既非我子孙折桂列邸者所当亵处，若旷而置之，日久肃寞，更不足以宏衍庆泽，垂涛于无疆。曩我皇考孝敬我皇祖，凡临御燕之处适且久者，多尊为佛也……"由碑文内容可推断，雍和宫改为喇嘛庙是出于对其父雍正皇帝的纪念与尊重。作为雍正帝居住将近三十年的府邸，乾隆帝不愿其变得萧肃冷清，不能"宏衍庆泽""垂涛于无疆"，故改雍和宫为喇嘛庙未尝不是一件洪泽万福、缅怀先辈的好办法。

雍和宫的布局紧凑有序，院落从南向北渐次缩小，而殿宇则依次升高，全部由南北一条中轴线贯穿着，中轴线上，从前往后院落分为五进。主要的建筑物有：昭泰门、

◎雍和宫	雍和门、天王殿，雍和宫居中；宫后为永佑殿、法轮殿，西面有戒台楼、万福阁；后院中，有永康阁、延绥阁、绥成殿等。另外，还有东西配殿、"四学殿"（讲经殿、密宗殿、数学殿、药师殿）。
	宫中有木雕三绝，一是五百罗汉山，位于法轮殿中，山体由紫檀木雕刻而成，罗汉则由金、银、铜、铁、锡制作而成，雕刻技艺精湛，各个罗汉姿态生动，栩栩如生。二是金丝楠木的木雕佛龛，位于昭佛楼。内供的是释迦牟尼佛像，叫"旃檀佛"。佛龛从地面直达楼顶，高大雄壮。整个佛龛金碧辉煌，佛像肃穆庄严，佛龛由两根金色蟠龙柱支撑，上雕99条飞龙，各个呼之欲出，形象逼人。三是旃檀木雕弥勒佛，位于万福阁，总高26米（地上18米，地下8米），重约100吨，佛像精雕细琢，远观高大伟岸，直耸云霄。

步虚词十九首·其一

〔唐〕韦渠牟

玉简真人[1]降，金书道箓通。
烟霞方蔽日，云雨已生风。
四极威仪异，三天[2]使命同。
那将人世恋，不去上清宫。

注释

[1] 真人：指古代道家洞悉宇宙和人生本原或修真得道的人。
[2] 三天：道教称清微天、禹余天、大赤天为三天。

◎上清宫

有"青城天下幽"美誉的青城山，山形如城郭，四周葱郁苍翠，有"三十六峰""八大洞、七十二小洞""一百零八景"之说。汉代张陵"结茅传道"，遂成为道教名山之一，名声远扬，被称为中国道教发祥地之一。上清宫，就位于四川都江堰市西南的青城山之巅，高台山之阳。文献记载："凡是道学当知，道之布化，圣人设法接引初行，隐遁山林，出家之者，若道士，若女冠，当栖息山中，以求静念，不交常俗，引命自安，避诸可欲，去诸秽乱。"由此可知，道教注重修身养性，洗涤污秽，回归本我，作为道教宫观的上清宫，选址自然用意深远。

自晋代以来，青城山有三处上清宫，一在天国山，一在成都山，俱废；五代间前蜀王王衍曾重建上清宫，《新五代史》记载："起上清宫，塑王子晋像，尊以为圣祖至道玉宸皇帝，又塑建及衍像，侍立于其左右；又于正殿塑玄元皇帝及唐诸帝，备法驾而朝之。"明末清初，四川战乱频繁，导致大多宫观遭到毁坏，青城山上的上清宫在当时就仅存三楹小屋。现存上清宫建筑群为清同治八年（1869）至民国初年由道士杨松如、龚仰之陆续维修、建筑而成，是青城山现存38处宫观中位置最高、保存最为完好的一座道观。

20世纪80年代末，青城山道协于原观音阁与青城前山索道之间，建造起巍峨壮丽的宫阙式山门"慈云阁"，又称青城山正东门。石材拱券，上面精细地雕刻着道教八宝及人物图案浮雕，门额用"大千居士"张大千手书"青城山上清宫"刻石，整个建筑气象雄伟、自然天成。

青城山上清宫由山门、前殿、老君殿、文武殿、道德

素描——上清宫

玉简真人降，金书道箓通。
烟霞方蔽日，云雨已生风。
————〔唐〕韦渠牟

◎上清宫	经堂等建筑组成，建筑占地约为 4200 平方米，山门为石砌券洞门，共有三门，中央大门有"上清宫"三个大字，两旁联文为"于今百草承元化，自古名山待圣人"。左侧和右侧门上则分别书写"瑶台阙""玄圃门"几个大字。关于上清宫有一门联云："钟敲月上，磬歇云归，非仙岛，莫非仙岛；鸟送春来，风吹花去，是人间，不是人间。"更是将上清宫幽雅清静、超凡脱俗的境界刻生动地刻画出来，引人入胜。进入山门，第一个大殿就是建于高台上的老君殿，其左侧为文武殿，右侧为道德经堂，是上清宫的主要建筑，老君殿内供奉着太上老君、张三丰、吕洞宾的塑像。柱体比例基本为 1:10，更为纤长、优美，建筑雕刻细致、精美，楼阁高耸入云，气质宏伟。 　　上清宫的建筑布局以院落为基本单位，以山门、三官殿、玉皇楼形成的两个院落主体为中心，往南北方向延伸，由此形成一个统一的建筑整体。南面是由道德经堂、东楼形成的院落，呈横向坐落，背面则是由灵官殿、斋堂、剑仙楼形成的院落，占地面积不大，但整体建筑布局严谨、对称。这些大小院落与四周静穆又不失活力的环境相配合，组成一组活泼、洒脱中蕴含庄严力量的圣洁图画，给人洗礼精神、清爽自在的奇妙感觉。其建筑形态则体现清代木构建筑整体造型，屋脊屋檐平直、规矩，给人稳重大方之感。

上阳白发人　愍怨旷也

〔唐〕白居易

　　天宝五载已后，杨贵妃专宠，后宫人无复进幸矣。六宫有美色者，辄置别所，上阳是其一也。贞元中尚存焉。

上阳人，红颜暗老白发新。
绿衣监使[1]守宫门，一闭上阳多少春。
玄宗末岁初选入，入时十六今六十。
同时采择百余人，零落年深残[2]此身。
忆昔吞悲别亲族，扶入车中不教哭。
皆云入内便承恩，脸似芙蓉胸似玉。
未容君王得见面，已被杨妃遥侧目。
妒令潜配上阳宫，一生遂向空房[3]宿。
宿空房，秋夜长，夜长无寐天不明。
耿耿[4]残灯背壁影，萧萧暗雨打窗声。

注释

[1] 绿衣监使：指穿着绿衣服的太监。
[2] 残：剩下。
[3] 房：旧本皆作床。
[4] 耿耿：天空微明的样子。

春日迟，日迟独坐天难暮。

宫莺百啭愁厌闻，梁燕双栖老休妒。

莺归燕去[1]长悄然，春往秋来不记年。

唯向深宫望明月，东西四五百回圆。

今日宫中年最老，大家遥赐尚书号。

小头鞋履窄衣裳，青黛点眉眉细长。

外人不见见应笑，天宝末年时世[2]妆。

上阳人，苦最多，少亦苦，老亦苦，

少苦老苦两如何？

君不见昔时吕向美人赋，

又不见今日上阳白发歌。

注释

[1] 莺归燕去：指春去秋来，时间流逝。

[2] 世：一作"样"。

行宫 [1]

〔唐〕元稹

寥落 [2] 古行宫，宫花寂寞红。
白头宫女在，闲坐说玄宗。

注释

[1] 行宫：指上阳宫。
[2] 寥落：寂静、冷落。

◎上阳宫

上阳宫，唐代大型宫殿建筑群，唐人时称"上阳别宫""上阳西宫"，东靠宫城，西拒谷水，南临洛水，北连禁苑，地处唐东都皇城西南隅。

上阳宫始建于上元二年（675），由司农卿韦机主持修筑。《新唐书·地理志》记载："上阳宫在禁苑之东，东接皇城之西南隅，上元中置，高宗之季常居以听政。"由此可见，唐高宗曾听政上阳宫。武则天称帝后，也曾于上阳宫听政，并时常宴饮于此。神龙元年（705），武则天被唐中宗逼迫退位后，移居并卒于上阳宫；唐玄宗时，亦于此设朝听政并举行宴会，曾有十日一朝于上阳西宫的惯例。可见，历代帝王对上阳宫偏爱殊甚。安史之乱，洛阳沦陷，上阳宫也遭到严重破坏，"宫女三千合宫弃"的惨状惊人心魄，此后上阳宫逐渐荒废，令人惋惜。

贾登《上阳宫赋》记载："取大壮之规模，尔其则以三象；启云构而承天，擎露盘而洗日。俯驰道而将半，临御沟而对出。凝海上之仙家，似河边之织室。""胜仙家之福庭"的上阳宫建筑宏伟，精美华丽，正门为提象门，正殿为观风殿，两者皆东向。正殿观风殿东有观风门，南有浴日楼，北有七宝阁，其内还有丽景台、九洲亭等建筑，这组建筑也是距离皇城最近的一组；《唐六典》记述除正殿观风殿组团外，化成院组团内有甘露殿、仙居殿、双曜亭；麟趾殿组团内有神和亭、洞元堂；另还有丽春殿、芬芳殿、上阳宫组团。可以说上阳宫采用的是自由的、集锦式组团的布局，各个建筑相互关联，并组成彼此独立的建筑单元，规模宏大，奢华靡丽。

关于上阳宫内建筑装饰，可从李庚《东都赋》略知

◎上阳宫	一二，其文记载："上阳别宫，丹粉多状；鸯瓦鳞翠，虹梁叠壮。横延百堵，高量十丈；出地标图，临流写障。霄倚霞连，屹屹言言。"上阳宫园林遗址考古发现，上阳宫殿宇采用清一色的琉璃瓦，建筑构件表面鎏金，精心堆砌的假山、水池，更是采用由江南各地辗转运来的太湖石，其奢华由此可见一斑。宫内还植有奇花异草，王建《上阳宫》就曾书"上阳花木不曾秋"。

太和宫

〔明〕孙应鳌

天柱开金阙^[1]，虹梁缀玉墀^[2]；
势雄中汉表，气浑太初^[3]时。
日月抵双壁，神灵肃万仪；
名山游历遍，谁似此山奇？

注释

[1] 金阙：即天柱峰顶的金殿 (俗称金顶)。
[2] 虹梁：高架而拱曲的屋梁。玉墀：宫殿前的台阶。
[3] 气浑太初：古代所谓天地未分之前的元气状态。

◎太和宫

大岳太和宫，又称"太和宫"，位于武当山最高峰天柱峰的顶端。

大岳太和宫名称确定的依据，可以从元代刘道明《武当福地总真集》"武当山，一名太和，一名大岳"和宋代张载《正蒙·太和》"太和所谓道，中涵浮沉、升降、动静相感之性，是生絪缊、相荡、胜负、屈申之始"中看出端倪。"大岳"此时的含义仅指地势高大，后续则发展为明代的万盛独尊之意；"太和"则是"气"的变化或阴阳相换的过程，即所谓的"道"。

太和宫形制属帝王宫殿类，建筑选址与布局主要考虑到静修、祀神、弘道。永乐十年（1412）兴工，共建有各类建筑78间。明成祖大修武当山宫观时，曾下旨："武当山，古名太和山，又名大岳。今名为大岳太和山。大顶金殿，名大岳太和宫。"当年，大臣隆平侯张信、驸马都尉沐昕秉承皇帝旨意，携带御制祭文，到武当山各大宫昭告真武神；次年，其二人又接着负责武当山的大修工程；明嘉靖年间，太和宫又进行了扩建，使殿堂道房多达520间，建筑整体规模宏大，气势伟绝。

太和宫殿堂依山傍崖，布局巧妙。但随着时代变迁，朝代更迭，现太和宫仅存正殿、朝拜殿、钟鼓楼、铜殿、皇经堂等。其中正殿额题"大岳太和宫"，殿内有真武大帝铜像、四大元帅、水火二将、金童玉女等塑像，殿门两旁设置明代圣旨、功德铜碑各一通。正殿前是朝拜殿，殿前两侧是钟鼓楼，内悬明永乐年间所铸的铜钟，钟上铭文"大明永乐十三年造"，铜身宽广、粗大，质厚圆润，击之四山回应。殿前有一岩，因形似宝莲，故名曰

◎太和宫	"小莲峰"，刻有"一柱擎天"四个大字。峰顶有一小铜殿置于其上，名为"转运殿"或"转展殿"，由鄂豫信士于元大德十一年（1307）募资建造。朝拜殿右下方有一殿堂，名为皇经堂，用于道士诵读经书、朝拜神灵，始建于明朝，后清代改建。

宿洞霄宫二首

〔宋〕林逋

大涤山相向，华阳路暗通[1]。
风霜唐碣朽[2]，草木汉祠空。
剑石苔花碧，丹池水气红。
幽人天柱侧，茅屋洒松风。

秋山不可尽，秋思亦无垠[3]。
碧涧流红叶，青林点白云。
凉阴一鸟下，落日乱蝉分。
此夜芭蕉雨，何人枕上闻？

注释

[1] "华阳"句：指大涤洞暗通华阳、林屋。
[2] 朽：万历以后各本均作"久"。
[3] 无垠：无边无际。

洞霄宫

〔宋〕苏轼

上帝高居愍[1]世顽，故留琼馆在凡间。
青山九锁[2]不易到，作者七人相对闲。
（《论语》云：作者七人矣。今监官凡七人。）
庭下流泉翠蛟舞，洞中飞鼠白鸦翻。
长松怪石宜霜鬓，不用金丹苦驻颜。

注释

[1] 愍：通"悯"。
[2] 九锁：九峰山。

◎洞霄宫

洞霄宫，位于浙江杭州临安区大涤山的大涤洞旁，有"天下宫观之首"之称，是一座闻名遐迩的道教宫观。

洞霄宫始建于汉元封三年（前108），唐弘道元年（683），宫坛移至前谷，本山道士潘逍遥奉敕在此建造了"天柱观"。唐乾宁二年（895），道观改称"天柱宫"。北宋大中祥符五年（1012），漕臣陈尧佐奏报朝廷，称当地有"地上涌泉""枯木重生""天现祥光"的神异现象，宋真宗乃制诏改宫为"洞霄宫"。陈尧佐写诗《洞霄宫》，其云："一帆高挂出红尘，万仞长歌入紫云。莫道游仙别无侣，玉清冠盖许同群。谷口停骖上翠微，五云宫殿辟金扉。不知何处朝元会，恰见龙鸾队仗归。三天封部稼如云，流水清寒出洞门。更爱林间磐石上，松花飘落羽人樽。娟娟红树碧峰前，为爱桃花入洞天。偶逐霓旌才百步，却忧人世已经年。"南宋绍兴二十五年（1155），因方腊起义而毁于战火的洞霄宫再度重建。元至正年间，洞霄宫屡建屡毁，宫宇殿堂损毁严重。明代洪武初年，重建洞霄宫。清康熙元年（1662），后复遭兵毁的宫宇又重新得到修缮。清乾隆十六年（1751），宫宇逐渐颓圮。现仅存遗址，仅会仙桥、元同桥、大涤洞、放生池、三贤祠等建筑依稀可辨，其余均破坏殆尽。

南宋时期，因朝廷崇尚道教，重建后的洞霄宫规模可谓宏伟至极，南宋孝宗、宁宗、理宗、度宗先后将此作为行宫。朝廷还设"提举宫观"职位，招官吏百余人。盛极时的洞霄宫，建筑成群，规模宏大，总摄江、淮、荆、襄诸路道教，盛极一时，成为全国著名道观。殿宇依山傍水，亭台楼榭相互衬托，平地建筑按照五行八卦的方

◎洞霄宫	位布置，分为神殿、园林、膳堂、宿舍四大部分，建筑左右对称，前后递进，布局十分讲究。 　　关于洞霄宫的诗词，俯拾皆是，我们可以借此窥探当时的风光景物，感受不一样的道家宫观。下例举一二，清代诗人厉鹗《二月十七日重游洞霄宫探大涤洞天》记载："振衣浴罢体更轻，竹杖投石声彭觥。空山昨夜龙洗窟，雨过万壑泉纵横。……穿尽幽篁履苔石，惊见蛤蚜洞门坼。童子曾为捣药禽，桃花解笑题诗客。此中日月停两丸，想像九夏尤清寒。微明秉炬触暗壁，古灵题字来寻看。玲珑乳窦隔凡处，路接华阳不归去。有人问我洞中来，为说浮云如柳絮。"清代诗人朱彝尊《洞霄宫题壁》记载："天柱峰高倚晚晴，琳宫消歇断碑横。砂床竹卜搜难得，卧听山禽捣药声。"

长门怨 [1]

〔唐〕刘皂

宫殿沉沉月欲分 [2]，昭阳 [3] 更漏不堪闻。
珊瑚枕上千行泪，不是思君是恨君。

注释

[1] 长门怨：乐府《楚调曲》旧题。
[2] 月欲分：指夜半时分。
[3] 昭阳：泛指得宠者所居住的地方。

◎昭阳殿

　　赵飞燕，生性聪颖，容貌出众，因其纤柔轻细，举止翩跹，故时称"飞燕"。相传，一日汉成帝微服私访时，在其姐姐阳阿公主家中作客，赵飞燕及其妹妹赵合德以歌舞助兴，因二人舞技出众、姿容秀丽，使得汉成帝为之倾倒，遂召赵飞燕姐妹入宫，封二人为婕妤。汉成帝对两姐妹宠爱有加，可谓是显赫一时。

　　昭阳殿，便是汉成帝宠妃赵飞燕的居住之处，位于未央宫前殿东北。葛洪《西京杂记》卷一记载："赵飞燕女弟居昭阳殿，中庭彤朱，而殿上丹漆，砌皆铜沓，黄金涂，白玉阶，壁带往往为黄金釭，含蓝田璧，明珠翠羽饰之。上设九金龙，皆衔九子金铃。五色流苏，带以绿文紫绶，金银花镊。每好风日，幡旄光影，照耀一殿，铃镊之声，惊动左右。"班固《西都赋》又载："昭阳特盛，隆乎孝成。屋不呈材，墙不露形。裹以藻绣，络以纶连。随侯明月，错落其间。金釭衔璧，是为列钱。翡翠火齐，流耀含英。悬黎垂棘，夜光在焉。于是玄墀钿砌，玉阶彤庭。碔砆彩致，琳珉青荧。珊瑚碧树，周阿而生。红罗飒纚，绮组缤纷。精曜华烛，俯仰如神。"由此可知，昭阳殿雄伟壮丽，金碧辉煌，天下绝伦。

　　汉成帝驾崩，赵合德服毒自杀，汉哀帝刘欣继位。汉哀帝感念赵飞燕当初拥立他为太子之功，依礼法尊赵飞燕为皇太后。然而，被立为皇太后的赵飞燕并没能得善终，王莽指使解光以谋害成帝二皇子的罪名强加于赵飞燕，接着挟持太皇太后王政君下诏，废赵飞燕皇太后身份，贬为庶人，两朝受宠的赵飞燕从天堂跌入谷底，一时落差巨大，无地自容，便以自戕的方式结束了自己的生命。

◎昭阳殿	赵飞燕、杨玉环等女子被弃的悲惨命运，不仅仅是个人的不幸遭遇，同时也是一个时代下女子命运的共同缩影。随着时代的推移，得到帝王的宠幸只是一时的，终究会如过眼云烟。而惹人悲戚的感怀最终也变成了众多文人墨客借以自抒怀抱、抒发感慨的媒介。唐代诗人王昌龄《西宫春怨》中写道："西宫夜静百花香，欲卷珠帘春恨长。斜抱云和深见月，朦胧树色隐昭阳。"诗人意在借班婕妤的悲戚表达自己不被君王重视，才能得不到施展的苦闷情绪。宋孝宗淳熙六年（1179），人到中年的南宋诗人辛弃疾抗击金军、恢复中原的主张仍旧未被朝廷采纳，满怀苦闷、忧愤的诗人写下了《摸鱼儿》，其中记载："君莫舞，君不见、玉环飞燕皆尘土！闲愁最苦。休去倚危栏，斜阳正在，烟柳断肠处。"诗人便是借玉环、飞燕归为尘土的命运，来表达自己对朝廷的不满情绪，以及自己渴望建功立业却不被重用的苦闷之情。

金陵五题·石头城 [1]

〔唐〕刘禹锡

山围故国周遭在，潮打空城寂寞回。
淮水 [2] 东边旧时月，夜深还过女墙 [3] 来。

注释

[1] 石头城：位于南京市鼓楼区，战国时是楚国的金陵邑，三国时改名石头城，有"东吴第一军事要塞"之称。
[2] 淮水：指秦淮河。
[3] 女墙：矮墙。

◎石头城

石头城，位于南京市鼓楼区，位处长江与秦淮河的交汇处，地居要冲，张勃《吴录》载："刘先生曾使诸葛亮至京，因观秣陵山阜，叹曰：'钟山龙蟠，石城虎踞，帝王之都也。'"东汉建安十六年（211年），吴国孙权听取诸葛亮建议迁至秣陵（今南京），次年，孙权在石头山金陵邑原址上筑城，用它作为保护东吴京师建业的资本，取名"石头城"，并改秣陵为建业。

"因山以为城，因江以为池，地形险固，尤有奇势"，石头城以清凉山西坡天然峭壁为城基，环山筑造，北缘大江，南扼秦淮河口，战略位置优越，因此石头城成为戍守的军事重镇，也是历代兵家必争之地，诸多历史故事与传奇在这里演绎，可谓是"雾胧淮水烟胧月，常映王旗换旧颜"，故而这座城池被称为"东吴第一军事要塞"。

石头城原址被认为在今清凉门以北至"鬼脸城"段的明城墙，但由于记叙不详，近年来又有研究者认为其旧址位于清凉山北面的四望山或草场门地区。关于石头城的"鬼脸城"还有一段传奇的故事，相传，有个恶魔想要到人间作乱，但是它刚一穿过岩壁就看到石头城下水里照着自己可怖的倒影，恶魔看到如此恐怖的景象便不敢再踏出一步，但是又不能退回去，因此无可奈何，只好把自己的鬼脸留在了岩壁上。其实，石头城悬崖峭壁上高悬的"鬼脸"是大自然的杰作，粉砂岩、泥岩等抗风化能力弱，随着时间的推移，这些岩层逐渐剥蚀而至凹陷，而与它们交会成石的砾岩则坚固耐磨，逐渐凸显，这样参差不齐、错落有致的岩石远望下便类似"鬼脸"了。

由于石头城特殊的地理位置，东吴之后的东晋和南朝

| ◎石头城 | 的宋、齐、梁、陈都建都于此，进一步把建康城建设成了经济、政治、文化的新中心，泛海远航也给建康输入了新鲜血液。但后朝依仗石头城天险，不修国政，最终被隋统一中国，结束了陈后主"王气在此，北兵断不敢来！"的荒唐美梦。而到了唐朝，随着长江水的西移，石头城逐渐被废弃而成了一座空城。明代朱元璋定都南京后，于洪武二年（1369）兴建城墙，石头城也成为了应天府城（今南京）的一部分。如今，石头城已被列为江苏省重点文物保护单位，成为闻名中外的历史古迹，是人们踏青觅翠、怀古思今的绝佳去处。 |
| | 　　物是人非、唯有自然永恒的主题亘古不变，无数诗人感慨兴怀、躬身自省的同时，亦留下了"石头城上，望天低吴楚，眼空无物。指点六朝形胜地，唯有青山如壁。蔽日旌旗，连云樯橹，白骨纷如雪。一江南北，消磨多少豪杰"（《百字令·登石头城》）。"王濬楼船下益州，金陵王气黯然收。千寻铁锁沉江底，一片降幡出石头"（《西塞山怀古》）。这些璀璨诗句，穿越古今的对话更给予了今人前行的力量与沉思的底蕴。 |

第四章　寺庙

· SIMIAO

佛光寺

〔宋〕王陶

五台山上白云浮，云散台空境自幽。
历代珠幡[1]悬法界，累朝金刹列峰头。
风雷激烈龙池夜，草木凄凉雁塞秋。
世路茫茫名利客，尘机到此尽应休。

注释

[1] 珠幡：饰珠的旗幡。

◎佛光寺

　　五台山佛光寺在山峦中沉睡一千多年后得以重见天日，还要归功于著名建筑学家梁思成先生及其一行人。1937年，梁思成先生以莫高窟第61窟壁画的内容为线索，和林徽因、莫宗江、纪玉堂一行营造学社的成员们，到山西探索古刹。他们一路长途跋涉，克服千难万险，承受恶劣条件，最终通过艰苦的实地探索，在佛教圣地五台山中发现了佛光寺。佛光寺由于地处五台山边缘偏远地区，人迹稀少，不为人所熟知，所以"天然去雕饰"，少去了许多人为的修缮与雕饰，同时保留了许多原来建筑样式的形貌，在建筑艺术和技术上有着极大的研究价值，是我国建筑史上极为珍贵的瑰宝。

　　五台山佛光寺位于山西省五台县东北佛光山山腰处，坐西朝东，创建于北魏孝文帝时期。唐武宗会昌五年（845）灭佛时，佛光寺除几座墓塔外，其余都被毁坏。现存佛光寺大殿建于唐宣宗大中十一年（857），距今已有一千余年。其基址甚高，殿面宽七开间，进深四间，单檐歇山顶。梁架最上端采用三角形"人"字架，用以增加房屋稳定性。殿顶以板瓦俯仰铺盖，脊兽以黄绿色琉璃烧成，屋脊两端各立着尾巴向里弯曲的琉璃鸱尾，其形制颇似山西大同华严寺及天津蓟州区独乐寺山门正脊鸱尾，精致秀丽。

　　大殿在平面上呈矩形。外圈即"外槽"，有22根木柱，木柱柱头、柱脚之间由木枋连结，形成一个矩形筒，周围靠墙布置着许多罗汉像，像前有一条供僧侣走动的通道；内圈即"内槽"，有14根木柱，柱头间也由木枋连结而成，组成矩形筒，后面的矮佛坛上也布置着许多佛像，佛

◎佛光寺	像背后均有装饰华丽的"背光"作为遮护，坛前则是供僧侣及信徒诵经拜佛的场所。大殿作为一座木结构建筑，特别善于利用榫卯结构的力量。在设计上，外圈木柱均略向里面倾倒，称为"侧脚"，大殿正面一排柱子在排列上均是两边略高于中间，称为"升起"。这种"侧脚""升起"的设计使得梁柱结构更加紧密、稳定，更具实用性。由檐柱一周及内柱一周合成的内外两槽，虽然布局简单，但是却满足其在实用性、结构上、艺术上的和谐、统一，因此大殿也被梁思成先生评为："斗拱雄大，出檐深远，是现存唐代木构建筑的代表之作。"

除正殿外，位于佛光寺前院北侧的文殊殿亦有着重要地位，值得后世细致研究。文殊殿坐北向南，建于金天会十五年（1137），为砖木建筑。其中，最为珍贵的是文殊殿的壁画，原壁画面积为122.4平方米，现仅存101.35平方米，原绘有259尊佛像，现仅存248尊。罗汉像分为上下两层，各个罗汉姿态各异，神情丰富，栩栩如生。壁画中吹奏佛乐的罗汉，手持各种乐器，形象逼真，因此类题材的壁画稀少难见，故格外珍贵。 |

东京府县诸公与綦毋[1]潜李颀相送至白马寺宿

〔唐〕王昌龄

鞍马上东门，裴回入孤舟。
贤豪相追送，即棹千里流。
赤岸落日在，空波微烟收。
薄宦[2]忘机栝，醉来即淹留。
月明见古寺，林外登高楼。
南风开长廊，夏夜如凉秋。
江月照吴县[3]，西归梦中游。

注释

[1] 綦毋：复姓。
[2] 薄宦：指微官，即官职卑微，仕途不得意。
[3] 吴县：指苏州。

宿白马寺

〔唐〕张继

白马驮经事已空，断碑残刹[1]见遗踪。
萧萧茅屋秋风起，一夜雨声羁思浓。

注释

[1] 断碑残刹：指白马寺在安史之乱中遭到严重破坏。

◎白马寺

白马寺，位于河南洛阳城东，邙山、洛水之间，是佛教传入中国后由官方修建的第一座寺院。

相传，东汉永平七年（64），汉明帝刘庄夜宿南宫，梦见一金人绕殿飞行，醒后听臣子傅毅解释道"西方有神，其名曰佛，形如陛下所梦"，故大喜，于是遣蔡愔、秦景等人前往西域求取佛经。永平八年（65），一行人于大月氏国，遇见西域高僧摄摩腾、竺法兰，便虔诚邀请其同回都城洛阳，以白马驮经和释迦牟尼佛像，并于永平十年（67）回到洛阳，其间两位高僧摄摩腾、竺法兰暂住鸿胪寺，后翻译完成了我国的第一部汉译佛经《四十二章经》。永平十一年（68），汉明帝为纪念白马驮经，特敕令于洛阳西雍门外三里御道北建立精舍，取名"白马寺"。《洛阳伽蓝记》载："遣使向西域求之，乃得经像焉。时白马负经而来，因以为名。"《魏书·释老志》又载："（蔡）愔之还也，以白马负经而至，汉因立白马寺于洛城雍关西。"这些史料记载都为"白马驮经"的传说增加了有利的证据。

关于白马寺的命名还有一种普遍的说法，据《重修古刹白马禅寺记》碑文记载："汉明帝永平八年，闻西域有佛，遣使之天竺求其道，得其书，及摩腾、竺法兰二沙门以归。至十年，始立寺。初名招提，后王有欲毁寺者，夜间白马绕塔悲鸣而止，固更名白马云。"白马寺虽然名称由来说法众多，但明代文学家吴承恩《西游记》中师徒四人外加白龙马，十万八千里历经磨难，前往天竺求取真经的文学故事，以及后来荧幕形象的塑造、宣传，都使得白马寺因白马而命名的说法更加深入人心。

素描——白马寺

鞍马上东门，裴回入孤舟。
贤豪相追送，即棹千里流。
——〔唐〕王昌龄

◎白马寺	白马寺建成至今几经修缮，其中唐垂拱元年（685）、明嘉靖三十五年（1556）两次修缮规模最大，现存寺院的规模与布局大体是清代康熙帝重修后而留下的。白马寺，由南向北，占地面积约四万平方米。沿中轴线依次为天王殿、大雄宝殿、大佛殿、接引殿、清凉台、毗卢阁，两侧为祖堂、客堂、斋堂、摄摩腾殿、竺法兰殿等辅助配殿。其中，天王殿为单檐歇山式元代建筑，面阔五间，进深三间；大雄宝殿为白马寺内最大的殿宇，为悬山式建筑，殿内供奉着释迦牟尼佛、药师佛、阿弥陀佛像；大佛殿为寺内主殿，是寺内僧众举行宗教仪式的场所。白马寺内现存的碑石约40方，其中，元代《洛京白马寺祖庭记》碑、明代《重修古刹白马禅寺记》碑、清代《白马寺六景》碑都是较为著名的碑石。

题超化寺壁

〔宋〕晁冲之

曲池风定碧澜[1]平，小白鱼如镜里行。
水竹再来应识我，壁间不用更题名。

注释

[1] 碧澜：碧绿的波浪。

◎超化寺

超化寺位于嵩山东南麓、新密市超化镇超化村内，始建于隋开皇元年（581）。唐代武则天和唐中宗时，超化寺发展达到鼎盛时期，寺门匾额书"超化古寺，名刹拾伍"，寺院占地10余千米，僧侣2千余人，规模宏大，僧侣众多。令人惋惜的是，如此名刹后来逐渐衰落，虽然宋、明、清几经修建，但其规模大大缩小，风采不可同日而语。民国时期，该寺更是遭到了两次毁灭性的破坏，损毁严重。

超化寺原共分上、中、下三所寺院，分别位于超化二层寨、超化塔坡、超化街北，其中，下寺规模最为宏大。

上寺现存房舍三间，原有黑色玉佛像一尊，后被埋入地下，不知所踪。中寺房屋全毁，仅剩唐塔一座。唐塔，名曰"舍利塔"，又名"超化塔"，始建于唐开元二年（714），高约30余米，由塔基、塔身、塔刹三部分组成。相传，超化塔"在东南角，其北连寺，方十五步许。其寺塔基在淖泥之上，西面有五六泉，南面亦有，皆孔方三尺，腾涌沸出，流溢成川，灌溉远近"。因其建于泥淖之上，故有阿育王驱使鬼神建塔之说，颇具怪异色彩。

金代王庭筠《超化寺舍利塔》曰："苍山亭亭如覆盦，佛塔东西屹相向。林头初日射重檐，黄金丹沙晔生光。中华此塔第十五，图说所传知不妄。智惠薰成舍利灵，夜半奇芒时一放。想见当时阿育王，麾叱神工鞭鬼匠。云车犇海车挽炎沙，沙底黄肠三万丈。石拟方面簟席段，铁锢瘦中腰鼓样。功夫巧密业长久，位置雄尊气高张。"

下寺又名金钟寺，坐北朝南，现存房屋12座。二道门横额上篆刻"超化古寺，名刹拾伍"几个大字，往里

◎超化寺	便有面阔五间、进深三间的佛陀大殿，长 16 米，宽 12 米，高约 10 米。檐下置有高约 0.88 米、宽约 0.78 米的斗拱，共同支撑起大殿。寺内碑碣原本众多，但多被拆毁，现存碑碣有北齐造像碑 2 通，宋金题铭和碑碣 10 余方。其中唐塔造像碑（北齐）碑身残状呈三角形，残高 1.39 米，宽 0.93 米，厚 0.18 米，正面、背面各有 1 个佛龛，正面龛内有 3 尊佛像，背面刻有 1 尊佛像。龛上部有垂幔和浮雕，雕刻精美、细腻，雕有 4 个飞天供养，2 个为飞天手托葫芦，2 个飞天手捧桃子。碑阳有碑文 8 行，由于碑石历经岁月洗礼，如今部分雕刻已斑驳难辨，每行仅剩 1~18 字不等，全碑共计 261 字。

送东林廉上人归庐山

〔唐〕王昌龄

石溪流已乱，苔径人渐微[1]。
日暮东林下，山僧还独归。
常为庐峰意[2]，况与远公[3]违。
道性深寂寞，世情多是非。
会[4]寻名山去，岂复望清辉。

注释

[1] 微：稀少。
[2] 庐峰意：指皈依佛门的想法。
[3] 远公：东晋高僧慧远，这里指廉上人。
[4] 会：应该。

◎东林寺

东林寺，位于江西省庐山西麓，地理位置优越，风景优美，宋代诗人陆游曾写东林寺："正对香炉峰。峰分一支东行，自北而西，环合四抱，有如城郭，东林在其中，相地者谓之倒挂龙格。"

367年，禅师慧永行经庐山，江州刺史陶范为其在庐山西北麓的香炉峰下建造起了西林寺，慧永因此放弃前往罗浮山的计划，在此定居下来，开始弘扬佛法。同为师友的慧远，后也接受慧永邀请，在西林寺旁龙泉精舍暂住。后来，随着前来听法受教的信徒愈多，龙泉精舍开始出现承载不力的问题，晋太元十一年（386），江州刺史桓伊便在西林寺以东再建房舍殿宇，命名"东林寺"。从此，禅师慧远在此聚徒讲经，修禅弘法。庐山佛教的阐化在东林寺得以奠定基础并发扬光大，东林寺因此被认为是佛教净土宗（又称"莲宗"）的发源地，也被日本佛教净土宗和净土真宗视为祖庭。近代文学家胡适先生就曾对东林寺给予了极高的评价，认为其代表着中国"佛教化"和佛教"中国化"的大趋势。

关于东林寺禅师慧远，还有一个传为佳话的故事——"虎溪三笑"。传说，禅师慧远专心修行，曾立下"影不出户，迹不入俗，送客不过虎溪桥"的誓约以表其专心修法的决心，不过，有一次诗人陶渊明和道士陆修静前往慧远处拜访，三人志趣相投，相谈甚欢，不知不觉中天色已晚，客人起身出门，主人出门相送，怎奈三人谈兴正浓，依依不舍，于是边走边谈，送出一程又一程。后忽听山崖密林中虎啸风生，悚然间才发现，原来谈话中三人早已越过了虎溪桥的界限。于是，三人相视大笑，

◎东林寺	执礼作别。后来东林寺又建造了"三笑堂",更是趣味横生,被后人津津乐道了。李白曾为此赋诗:"东林送客处,月出白猿啼。笑别庐山远,何烦过虎溪。"清代戏曲作家唐英也曾为此撰写庐山虎溪三笑亭联,曰:"桥跨虎溪,三教三源流,三人三笑语;莲开僧舍,一花一世界,一叶一如来。" 　　东林寺以神运殿为精,寺内有白莲池、文殊阁、十八高贤影堂、三笑堂、古龙泉等古迹,另有大量题诗碑刻。其中,神运殿的故事也为后世传颂。相传,东林寺在建造之初,禅师慧远为建造所用的木材而苦恼,也许是其精心修法感动了神灵,殿前池塘中开始源源不断地涌出木材,以此解决了慧远大师的燃眉之急。禅师慧远因此把用木材建造的殿堂称为"神运殿",出木的池塘则被称为"出木池"。

安州般若寺水阁纳凉喜遇薛员外乂

〔唐〕李白

翛然金园 [1] 赏，远近含晴光。

楼台成海气 [2]，草木皆天香 [3]。

忽逢青云士，共解丹霞裳 [4]。

水退池上热，风生松下凉。

吞讨 [5] 破万象，搴窥 [6] 临众芳。

而我遗有漏，与君用无方。

心垢都已灭，永言题禅房。

注释

[1] 翛然：悠然闲静、无拘无束的样子。金园：寺中园圃，这里指般若寺水阁。

[2] "楼台"句：化用王褒诗："带楼疑海气，含盖似浮云。"

[3] "草木"句：化用庾信诗："天香下桂殿，仙梵入伊笙。"

[4] "共解"句：化用谢朓《七夕赋》诗："厌白玉而为饰，霏丹霞而为裳。"

[5] 吞讨：探索。

[6] 搴窥：窥视。

◎般若寺

般若寺同名寺众多。山西五台山东台楼观谷有般若寺。沈阳市沈河区大南街也有般若寺，清康熙二十三年（1684），由古林禅师创建。寺院坐北朝南，占地2289平方米，有殿堂45间，为三进院落。主建筑为砖木结构硬山式，沿中轴线分布的建筑物有天王殿、大雄宝殿、藏经楼，两侧则建有住持室、僧舍、齐堂、厨房及接待室等。吉林省长春市也有般若寺，1923年，佛教天台宗大德释倓虚法师到长春传讲心经，后于此地建筑寺庙。般若寺占地1.4万平方米，建筑面积2700平方米，规模宏大，气象万千。庙宇建筑进深三层。一层是弥勒殿，二层是大雄宝殿，三层则是西方三圣殿。其中大雄宝殿是整个庙宇的建筑中心，内部收藏着汗牛充栋的佛教经典。

另外，四川省都江堰市蒲阳镇也有般若寺，建于明宣宗宣德四年（1429），因玻璃透明无色，实为"色空"，故一般人将般若寺讹传为"玻璃寺"。寺庙殿宇依山势而建，前后四殿，建筑结构为木石结构，四周环境清幽，树木葱郁，故又有"小青城"之称。

李白笔下的安州在今湖北安陆市。《旧唐书·地理志》记载："淮南道安州：天宝元年改为安陆郡。依旧为都督府，督安、隋、鄂、沔四州，乾元元年复为安州。"般若亦译为"波若"，为梵文音译，智慧义。刘孝标注载："波罗蜜，此言到彼岸也。经云到者有六焉……六曰般若，般若者，智慧也。"般若寺也因此立名。因白兆寺旧名通慧寺，故又有人认为般若寺很可能就是后来的通慧寺。谪仙人李白《山中与幽人对酌》："两人对酌山花开，

◎般若寺	一杯一杯复一杯。我醉欲眠卿且去，明朝有意抱琴来。"《山中问答》："问余何意栖碧山，笑而不答心自闲。桃花流水窅然去，别有天地非人间。"其中的"山中"指的就是安陆白兆山。 　　关于安州般若寺的记载甚少，因诗人李白"酒隐安陆，蹉跎十年"，写下诸多脍炙人口的诗作，因此可借由诗人笔触窥探安州般若寺。诗人笔下的寺庙香火不断，整个寺院氤氲在袅袅轻烟的香火中，周围的花草树木也因此带着香烛气味。寺中花草种类繁多、香气逼人，院内清净雅致，是消除烦恼、静坐打禅的绝佳场所。

登梅冈 [1] 望金陵赠族侄高座寺僧中孚

〔唐〕李白

钟山抱金陵，霸气昔腾发。

天开帝王居，海色照宫阙。

群峰如逐鹿，奔走相驰突。

江水九道来，云端遥明没。

时迁大运去，龙虎势休歇。

我来属天清，登览穷楚越。

吾宗挺禅伯，特秀鸾凤骨。

众星罗青天，明者独有月。

冥居顺生理，草木不剪伐。

烟窗引蔷薇，石壁老野蕨。

吴风谢安屐 [2]，白足傲履袜。

几宿一下山，萧然忘干谒。

谈经演金偈 [3]，降鹤舞海雪。

时闻天香来，了与世事绝。

佳游不可得，春风惜远别。

赋诗留岩屏，千载庶不灭。

注释

[1] 梅冈：即梅岭冈，在今南京市雨花台。
[2] 谢安屐：又称"东山屐"，是东晋谢安游山时所着的木屐。亦泛指木屐。
[3] 演金偈：阐发佛经中的韵词。

寄题甘露寺北轩

〔唐〕杜牧

曾向[1]蓬莱宫里行，北轩阑槛最留情。
孤高堪弄桓伊[2]笛，缥缈宜闻子晋[3]笙。
天接海门秋水色，烟笼隋[4]苑暮钟声。
他年会著荷衣去，不向山僧说姓名。

注释

[1] 向：一作"上"。
[2] 桓伊：晋代人，擅长吹笛，时称江左第一。
[3] 子晋：《列仙传》卷上："王子乔者，周灵王太子晋也。好吹笙作凤凰鸣，游伊、洛之间，道士浮丘公接以上嵩高山。"
[4] 隋：一作"鹿"。

◎高座寺

高座寺位于南京市雨花台区雨花台旁,又名"甘露寺""永宁寺",始建于西晋永嘉年间,因其地有甘露井,故初名为"甘露寺"。东晋初年,龟兹国沙门帛尸梨密多罗来建康(今南京)传法,讲经说法时常坐在高处,因此被尊称为"高座道人"。宰相王导敬重佛法,便以"高座"为寺名,专门为其在石子岗(今雨花台)建筑寺庙,称为"高座寺"。至宋代,改称为"永宁寺"。明代,寺被一分为二,西面的称为"高座寺",东面的则称为"永宁寺"。至清代时,两寺并峙,高座寺尤为宏大,廊院内列有五百铁罗汉像,更为气势恢弘。

此后高座寺屡遭破坏,几经修缮。重修后的高座寺蕴含着厚重的人文内涵,记载着历朝高僧名士的诗词歌赋,同时也赋予了南京不一样的六朝烟火气。

南京著名景点雨花台的命名,相传就与高座寺相关。雨花台因附近盛产玛瑙石,故又称"石子岗""聚宝山""玛瑙岗",包括东岗、中岗、西岗三座高岗。相传,中岗建有高座寺,云光法师在山顶筑台讲经,态度专注认真,内容精妙绝伦,后来佛祖感动其精神,天上顿时下起了花朵,连绵不断,如同下雨,雨花台便因此得名。

另外,北宋时户部尚书陶谷在《清异录》中称为金陵美食"七妙"之一的"高座寺饼",更是上可印字,极具趣味。高座寺饼历史可追溯到南齐时期,据《资治通鉴》记载:永明九年(491),皇帝下诏于太庙祭祀时,应据先祖生前个人喜好、口味安排祭品。其中,祭祀齐宣帝的正是起面饼和鸭肉羹。

高座寺殿、堂、院、苑、室皆精致雅丽,相映成趣,

◎高座寺	别具一格。郑板桥《念奴娇十二首》其一的《高座寺》记载："暮云明灭，望破楼隐隐，卧钟残院。院外青山千万叠，阶下流泉清浅。鸦噪松廊，鼠翻经匣，僧与孤云远。空梁蛇脱，旧巢无复归燕。　可怜六代兴亡，生公宝志，绝不关恩怨。手种菩提心剑戟，先堕释迦轮转。青史讥弹，传灯笑柄，枉作骑墙汉。恒沙无量，人间劫数自短。"在郑板桥的笔下，高座寺蕴含了对历史人物兴亡的思考与感慨，借由高座寺可以窥探诗人内心，那里充满着对山岳河流、一亭一榭的依恋与热爱，充满着对善与美的赞扬，对恶与丑的批判。

枫桥夜泊

〔唐〕张继

月落乌啼霜满天，江枫渔火 [1] 对愁眠。
姑苏城外寒山寺，夜半钟声到客船。

注释

[1] 江枫渔火：江边的枫树和夜晚渔船上的灯火。

◎寒山寺

寒山寺，位于苏州市姑苏区，始建于南朝，原名为"妙利普明塔院"。寺内大殿上有青色石碑一块，上刻"和合二仙"像。相传，名僧寒山出家前曾爱慕青山湾的一位姑娘，后听闻这位姑娘已与拾得交好，便悄然退身，来到苏州枫桥，结草立庵当了和尚。让人意外的是，听闻此事的拾得也毅然斩断情丝，跋山涉水前来寻找寒山。拾得采拾莲花见到了寒山，寒山亦手捧素斋竹篦盒前来迎接，二人相见，顿时一笑泯恩仇，只留下一片欢声笑语。后来，拾得东渡日本，建立"拾得寺"，寒山则留在此寺，并改名为"寒山寺"。

寒山寺曾多次毁于战火，现存的寒山寺沿袭着唐代原址的禅院布局，布局严整，古典庄重，为清光绪二十二年（1896）至宣统三年（1911）陆续重建。

寒山寺坐东朝西，寺内主要建筑物有大雄宝殿、藏经楼、碑廊、钟楼、枫江楼等。其中，大雄宝殿墙壁内镶嵌12块诗碑，东边6块，西边2块，刻着唐、宋、明、清文人墨客吟咏寒山寺的诗作，另外4块则刻着寒山的36首诗作。碑廊内陈列着各种碑刻，寒山寺中关于唐代诗人张继《枫桥夜泊》的诗碑前后就有4块，第一块乃是宋代王珪所书，后因寒山寺多次被焚而不存；明代重修寺院时，画家文徵明重书《枫桥夜泊》诗，刻于石上，这是第二块诗碑，后亦因火灾，毁失仅存数字；第三块写于清末光绪三十二年（1906），江苏巡抚陈夔龙重修寒山寺时，请清末著名学者俞樾书写了此碑，俞樾笔意圆浑，章法稳帖，因此这一石碑成为寒山寺最为响亮的招牌；第四块诗碑，据记载，是由与张继同名同姓的书

◎寒山寺	法家应画家吴湖帆之约所书，而这块诗碑至今仍置于寒山寺内。 　　名刹听钟，亦为寒山寺的一大特色。钟楼顶层的正中悬挂着高2米、直径1.4米的大钟，敲击下钟声音质纯净、声音响亮。康有为诗云："钟声已渡海云东，冷尽寒山古寺风。"由此可知，当年大钟早已失传，甚至明代嘉靖年间补铸的大钟也都流传到了日本。今天钟楼内的古钟乃是清光绪三十年（1904）江苏巡抚陈夔龙为重修寒山寺张继诗中的古迹，特意按照原样式重铸的。寒山寺精巧清幽，景观协调，身处其中，静听古刹钟声悠扬、飘渺，很有振聋发聩、澄净思虑的妙处，正如佛经所云："闻钟声，烦恼清，智慧长，菩提生。"

用白傅 [1] 虎丘寺路韵谒白公祠二首

〔清〕范来宗

西去桐桥路，芳堤怀古频。
贤声传刺史，仙意属诗人。
遗泽犹留旧，清祠聿启新。
嬉游增胜概，行乐四时春。

塔影园思昔，扁舟过从频。
重来欣得主，小坐倍宜人。
花气熏栏醉，禽言出谷新。
不须丝与竹，好续永和春。

注释

[1] 白傅：白居易。

玉楼春·五日^[1]饮虎丘山下题壁

〔清〕彭孙遹

越衣当暑清风至，芒鞋^[2]偶过云岩寺。虎丘山下故人家，能倒金樽^[3]留我醉。

醉后难平多少事，仰天欲问天何意：偏使鸡鸣狗盗生，却令赋客骚人死！

注释

[1] 五日：指五月初五端午节。

[2] 芒鞋：草鞋。

[3] 金樽：酒杯。

◎云岩寺

云岩寺，又称"虎丘寺"，位于苏州市阊门外被誉为"吴中第一名胜"的虎丘山上，佛寺沿山而建，将山围绕于殿宇之后，有"塔从林外出，山向寺中藏"之景。

云岩寺始建于东晋年间，据记载，是为纪念东晋司徒王珣、司空王珉二人舍宅为寺而建造，初名为"虎丘寺"，分为虎丘东、西两刹。后为避唐高祖李渊之祖父李虎的名讳，又改名为"武丘报恩寺"。唐武宗会昌元年（841），唐武宗李炎推行"灭佛"政策，约有4600座寺庙被毁，使佛教在中国受到严重打击。当时武丘报恩寺也不幸遭毁，后移至山顶，合并为一寺。宋至道年间，寺院遭毁，大中祥符年间又得以重建，并改名为"云岩禅寺"。清康熙年间，又更名为"虎阜禅寺"，且赐有"虎阜禅寺"的匾额一块。云岩寺后屡建屡毁，仅存云岩寺塔、断梁殿，其余建筑为后世所建。

寺内现存建筑有头山门、二山门、大殿、御碑亭、虎丘塔等。二山门，属宋式厅堂型构架，始建于唐，复建于元至元四年（1267）。因其中间主梁由两段木头拼接而成，酷似断梁，故又称"断梁殿"。面阔3间，进深2间，单檐歇山式屋顶，梁架跨度小、负重大，整个形式近于"四架椽屋分心用三柱"。《虎丘新志》记载："其如此构造者，系模仿旧制。盖虎丘旧有梁双殿，传为古迹。宋淳熙中有僧凡庸，好修造，尽毁之，故古迹湮没。后又重新结构，拟恢复旧观，亦以双木接成殿梁，后呼断梁殿，其用意只为保存古迹耳。"

云岩寺大殿面阔5间，进深3间，亦为单檐歇山式屋顶。殿内中央位置供奉有释迦牟尼像，两侧则为阿难和

◎云岩寺	迦叶像；二山门到大殿，有由南向北倾斜的"千人石"，约 1000 平方米，岩上平坦开阔。其右侧冷香阁旁还有传为美谈的"虎丘石泉水"，泉水清澈碧绿，相传为茶圣陆羽寓居虎丘时所建。 　　虎丘塔位处寺院的最高处，始建于五代后周显德六年（959），塔七层八角，高 47.5 米，为砖建仿木楼阁式。塔身由外壁、回廊、塔心三部分组成，由下往上逐渐收缩，结构复杂，鲜明瑰丽。最为人称奇的是塔身北斜而屹立不倒，其偏离中心线 2.3 米，仅次于意大利比萨斜塔（偏离中心线 4.1 米），虎丘塔因此也被称为"中国斜塔"；虎丘塔内有大小斗拱和砖块砌成的藻井，呈长方形、方形或八角形。 　　云岩寺位于虎丘山上，古木荫翳，名胜遍地，宋代诗人范成大在其《四时田园杂兴六十首（其一）》中就曾记载："寒食花枝插满头，茜裙青袂几扁舟。一年一度游山寺，不上灵岩即虎丘。"以此表达对云岩寺的偏爱。

题定山寺

〔宋〕张孝祥

蹇驴[1]夜入定山寺，古屋贮月松风清。
止闻挂塔一铃语，不见撞钟千指[2]迎。

注释

[1] 蹇驴：指跛蹇驽弱的驴子。
[2] 千指：指人数众多。

| ◎定山寺 | 　　定山寺，又称"飞锡庵""定峰寺"，位于江苏省江阴市东二十五里，为南唐法响禅师首建。
　　定山寺由上、中、下三庵组成，称为顶庵、中庵、头庵。定山寺原位于中庵，在定山南边黉塔湾玉乳泉上，名为"飞锡庵"。庵内有玉乳泉，泉水甘冽莹白，有"天下第五泉"之称，相传因法响禅师驯服一虎，老虎利爪砸地竟砸得了泉水，故又称"虎跑泉"。
　　五代时，飞锡庵历经战乱逐渐被焚毁。宋代时，为寿宁寺下院；宋绍兴初年，定慧禅师定居飞锡庵，传经颂道，后由潘良贵等上书皇上赐名，定山寺才正式由此定名。明洪武二十四年（1391），僧众犯科，朝廷登记和没收所有庙产，诛僧废寺，仅存浮屠，定山寺就包含在内；但幸运的是，明万历年间，僧人文玉在原址上重建了寺院，名为"定峰庵"。重修后的定山寺仍旧摆脱不掉悲惨的命数，清咸丰十年（1860）及以后，寺庙履建屡毁，"止存野庙数楹，不蔽风雨。无问撞钟之千指，亦杳不闻声矣"。如今的定山寺虽经修建，但原貌已难复原。
　　关于定山寺的环境，可以从唐代诗人薛逢《定山寺》"十里松萝映碧苔，一川晴色镜中开。遥闻上界翻经处，片片香云出院来"，明代诗人姚廉敬《定山寺》"一潭秋水毒龙卧，十里长松野鹤来。花落自寻方丈室，月明还上众香台"中得到了解。定山寺绿茵萦绕，松萝绵连数里，其间还有闲云野鹤，映衬左右，天晴时更是如白练、如明镜。善男信女来此拜佛烧香，寺门常年人声鼎沸，热闹非凡，寺庙也因此香烟缭绕，诵经声、穿梭声彼此交叉，构成寺庙最和谐的梵婀玲名曲。 |
|---|---|

◎定山寺	定山寺吸引了文人墨客前来驻足游玩，并留下了许多佳作，其中有宋代诗人贺铸《题定山寺法远上人壁》："支郎风味喜相亲，乘兴来寻雪后春。夹径竹阴疑碍马，隔江山色似招人。岂无暇日容高卧，如有闲田愿卜邻。预约东城二三子，岁时相过莫辞频。"清代诗人吴傅霖《夏日宿飞锡庵》："精舍依山麓，轩窗四面凉。客来疏雨歇，溪净晚荷香。幽簟容酣卧，新泉喜作尝。一钩纤月上，长啸得清狂。"

题金山寺

〔宋〕苏轼

潮随暗浪雪山倾，远浦渔舟钓月明。
桥对寺门松径小，巷当泉眼石波清。
迢迢远树江天晓[1]，蔼蔼红霞晚日睛。
遥望四山云接水，碧峰千点数鸥轻。

注释

[1] 晓：指天明。

◎金山寺

金山寺，坐落于江苏省镇江市西北的金山上，清代与普陀寺、文殊寺、大明寺并列为"四大名寺"。

金山寺始建于东晋，时称"泽心寺"。南北朝梁武帝重视佛教，曾于天监四年（505），亲自到金山寺参加水陆法会，金山寺也因此佛教盛典逐渐成为江南地区著名的礼佛圣地，后世诵经设斋、水陆道场的法会即发源于此。南朝、唐朝时期，寺名均为"金山寺"。天禧年间，宋真宗梦游于此，故改为"龙游寺"；宋徽宗时，因其崇尚道教，金山寺又改名"神霄玉清万寿宫"，后又复名"龙游寺"。清康熙南巡时又改名为"江天禅寺"。虽然寺名繁多，但在民间，人们仍习惯将古寺俗称"金山寺"，并流传至今。

"古塔巍峨兀云天。丹辉映霞寺裹山。雾锁古洞迷幽径，楼台碧影树含烟。北眺长江波涣涣，近览西津雨纷纷。西子结缘浮生梦，至今犹叹白素贞。"（《镇江金山寺》）民间"水漫金山寺"的故事可谓是家喻户晓，大部分人熟知这所古刹也多是因为那个著名的白蛇传说：有一条白蛇历经千年，最终修炼成人，成人后的白蛇即白娘子，爱上了青年许仙并嫁给了他。后来，这件事让金山寺的法海和尚知道了，便游说许仙出了家，将其诓藏于寺中。怒不可遏的白娘子前来与法海打斗，并施展法术招来滚滚大水漫上金山。法海以袈裟化为长堤拦水，并使法术将白娘子镇压在西湖雷峰塔下。后来，雷峰塔倒塌，白娘子才最终获救。

金山寺依山而建，山与寺浑然天成，寺内主要建筑为天王殿、大雄宝殿、观音阁、藏经楼、方丈室等，通过回廊、

◎金山寺	石级连接，共同构成"楼外有阁、楼上有楼、阁中有亭"的建筑格局。金山之巅仁立着慈寿塔，慈寿塔又称"金山塔"，建于齐梁，唐宋时期变为双塔。后来双塔毁于火灾，明代重建一塔，起名"慈寿塔"。现在的慈寿塔建于清光绪二十年（1894），为砖木结构，共7层，可旋转登楼，凭栏远眺，风景绝佳，正所谓"登临慈寿塔，风光览无边。江南瑰丽处，凌绝在金山"。 这座著名的千年古刹也备受历代文人墨客的青睐，尤其受到苏轼的喜爱。据史料记载，苏轼多次陪同友人到此游览金山，并与金山寺的诸位法师均有深厚的交情。1101年，苏轼路过镇江金山寺，见寺中挂有自己的画像，题下了"心似已灰之木，身如不系之舟。问汝平生功业，黄州惠州儋州。（《自题金山画像》）"的诗句，用此总结自己的一生功业。由此见得，金山寺早已超出了建筑物的概念，成为许多文人墨客人生路途中的纪念地，深深地牵动着他们的心弦。

次韵伯氏长芦寺下

〔宋〕黄庭坚

风从落帆休[1]，天与大江平。
僧坊[2]昼亦静，钟磬寒逾清。
淹留属暇日，植杖数连甍[3]。
颇[4]与幽子逢，煮茗当酒倾。
携手霜木末[5]，朱栏见潮生。
樯移永正县，鸟度建康城。
薪者[6]得树鸡，羹盂味南烹。
香秔[7]炊白玉，饱饭愧闲行。
丛祠思归乐，吟弄夕阳明。
思归诚独乐，薇蕨渐春荣。

注释

[1] 休：停止、暂停。
[2] 僧坊：这里指长芦寺。
[3] 甍：屋顶。
[4] 颇：经常。
[5] 木末：树梢。
[6] 薪者：樵夫。
[7] 香秔：指粳米。

◎长芦寺

长芦寺为"长芦崇福禅寺"的简称，又称"崇福寺"，位于南京市六合区长芦街道，是佛教禅宗著名的寺院之一，被清乾隆《六合县志》列为"六合十二景"之一。

长芦寺始建于梁普通年间，据明嘉靖《六合县志》记载："达摩来渡时已有此镇，寺因镇而名。"关于南天竺僧菩提达摩还有这样一个故事，传说，达摩是天竺（印度）香至王的第三子、释迦牟尼的第28代徒孙，原名菩提多罗，其到广州弘扬佛法时，受到梁武帝萧衍的重视，梁武帝邀请达摩来建康讲法。但达摩主张面壁静坐，以大爱普渡众生，提倡"不立文字，见性成佛"，梁武帝则重视义理，主批自我解脱。两人主张不同，自然话不投机，因此相谈后矛盾重重，达摩担心梁武帝加害自己，便连夜"一苇渡江"，来到了长芦寺歇脚。达摩来到长芦寺后，传经布道，积极推广佛法，吸引了无数善男信女前来瞻仰，长芦寺也因此成为佛教禅宗的发祥地，达摩也被称为中国佛教禅宗的初祖。

初建时的长芦寺紧邻江岸，因此地基不稳，几经易址。北宋天圣初年(1023)，寺院得到重建，后遭水淹；南宋淳熙十二年（1185），寺院因堤岸塌陷将院址移到了今址进行重建，即"徙滁口山之东，三里河曲沙冈之上"。后因长江主泓道南移，长芦沿江一带开始积滩成陆，到明清时，长芦寺已远离江岸，渐趋稳定。据《六合县志》记载："沧海桑田，今寺外腴田，距江浒已二十余里矣，仅存山门三楹，门前数武，有菩提桥一座，镂刻工巧，寺内金刚殿三楹，三宝殿三楹，达摩祖师殿五楹，钟楼一座，两旁翼以僧寮，前后列植古银杏数株，皆千余年物。

◎长芦寺	昆卢阁基，崛起土阜，平畴高峙，有古木数十株，苍郁可爱。"由此可知，此时的长芦寺已建筑宏伟，规模巨大。宋嘉定五年（1212），毁于战火的长芦寺在御旨下重新得到修建，寺院西去约500米，还另建有释迦牟尼寺，作为其下院。当时，长芦寺规模更是宏大到无以复加的地步，宋代诗人陆游《入蜀记》就对其盛况作过如下记录："发真州，过瓜步山，望长芦寺，楼塔重复，江面渺弥无际，殊可畏。"咸丰年间，战乱频发，长芦寺大部分建筑也都因此毁坏，仅存梅花井、石柱础及古银杏树两棵。如此盛极一时的长芦寺，最终却毁于战火，真是可惋可叹。如今，寺院虽得重修，但规模、式样已不可同日而语。

清凉台

〔清〕王士禛

游客还寻避暑宫[1]，凭人指点语难同。
青山久落高僧手，哪得金泥壁尚笼。

注释

[1] 避暑宫：清凉寺曾是南唐帝王的避暑行宫。

◎清凉寺

　　清凉寺，又称"清凉禅寺"，位于南京市城西清凉山南麓，是中国佛教禅宗五家之一——法眼宗的发源地。

　　法眼宗由雪峰宗分裂出去，为南唐高僧文益禅师所创，文益圆寂后，南唐国主李璟赐其谥号为"大法眼禅师"，此宗故而名为法眼宗。文益禅师曾至福州参学雪峰义存的法嗣长安慧陵禅师，后至漳州，又师事玄沙师备的法嗣罗汉桂琛。南唐国主李璟久闻文益禅师名，对其礼敬有加，故邀前往金陵，后移住清凉寺传法，赐号"净慧禅师"。门下弟子众多，包含国内的禅僧及外国僧人，前来清凉寺礼佛者也是络绎不绝、人流如织，一时参禅学法蔚然成风，其情景可谓盛况空前。南宋诗人刘克庄《清凉寺》记载："塔庙当年甲一方，千层金碧万缁郎。"

　　法眼宗以"三界唯心，万法唯识"为纲宗，吸取华严六相义来论证世界"同异具济，理事不差"，主张禅旨与净土思想融合，宗风为"般若无知""一切现成"。文益禅师曾作《宗门十规论》以对其他禅门弊端提出批评，他所论述的"理事不二，贵在圆融""不著他求，尽由心造"的宗旨思想，后由德韶上首弟子永明延寿得到发展，将华严教义与禅理圆融一体，编成了《宗镜录》100卷。其中体现的中国佛教教禅相融思想，极大地影响了日本、韩国及东南亚等国家，历史意义十分深远。

　　清凉寺始建于唐僖宗中和四年（884），五代十国时期杨吴顺义元年（921），丞相徐温重建寺院，并改名"兴教寺"，请休复悟空禅师任住持；南唐升元初年（937），元宗李璟扩建兴教寺为清凉大道场，礼请文益禅师任住持，从文益禅师起，石头山改称"清凉山"；北宋太平

◎清凉寺	兴国五年（980），改称"清凉广惠禅寺"；明建文四年（1402），周王朱橚重修山寺，成祖朱棣题额"清凉禅寺"；后来，太平军占领南京，对南京城内的文化胜迹进行了大规模毁坏，清凉寺也遭厄难；后来清凉寺几经修缮，才正式交给佛教界作为宗教活动场所，并恢复对外开放。 　　作为南唐首刹，清凉寺吸引着历代文人墨客驻足流连，鼎盛时期的清凉大道场更是南京佛教传统文化、清凉文化的重要代表，著名的"清凉问佛"更是流传久远的"金陵四十八景"之一，耳熟能详的"解铃还须系铃人"的故事也出自于此。相传，清凉寺内，还有一井名为"保泰泉"，因寺僧饮井水后竟年迈而须发不白，故又名"还阳井"。 　　清凉寺有着独特的地理、历史及人文风貌，作为弘扬佛教文化的重要场所，对净化众生心灵、劝导人心向善，承载着不可替代的历史与现实意义。

灵谷寺四首·其一

〔明〕张岱

叱叱穿城去，蹉跎白鼻騧。
缘山坡上下，见寺树参差。
门远松为驿，垣深龙作衙。
传声空谷里，稚子[1]故呼茶。

注释

[1] 稚子：幼子，小孩。

灵谷寺四首·其二

〔明〕张岱

深锁空山殿[1]，残垣尚带霞。
前人只一大，后世不能加。
鼓革追龙象，钟名辨辟邪。
桥山陵左右，日暮集栖鸦。

注释

[1] 空山殿：手稿本原作"空王殿"。

◎灵谷寺	灵谷寺，位于南京市钟山（紫金山）东麓，寺内清幽雅致，风景绮丽，自山门至梵宫有长达五里的松树，声如海涛，世称"灵谷深松"，被誉为"金陵四十八景"之一。 灵谷寺始建于南朝梁天监十三年（514），梁武帝萧衍为纪念宝志禅师，建塔于玩珠峰前，名为"开善寺"；唐乾符年间，寺院更名为"宝公院"；北宋开宝三年（970）改称为"开善道场"，太平兴国四年（979），改称为"太平兴国禅寺"；明初又改名"蒋山寺"；明洪武十四年（1381），朱元璋建造明孝陵，将蒋山寺、宝公塔、宋熙寺等所有建筑移于东麓，赐名"灵谷寺"，赐"第一禅林"匾额。寺院后毁于战火，仅存无量殿。现存的灵谷寺多建于清同治时期，仅为清同治六年（1867）曾国藩所修龙王殿的部分，规模、形制远不如过往。 关于灵谷寺"灵谷"名称的由来，一说，《御制大灵谷寺记》载"左边以重山，右掩以峻岭，背靠穹岭，森林以摩霄汉"，乃为幽谷。埋有宝志禅师遗骨的寺院迁于此后，便有了神灵，由此而名。二说，此地"北倚钟山，每有云起，山露石纹，生成一灵字之像；东西陵阜，两向交对，二水合谋有口字仪状，又生成谷字之容，是山水自命为灵谷也"。三说，明太祖在建寺前曾游此地，其作《游新庵记》记载："钟山之阳有谷，谷有灵泉曰八功德水。"因泉水有"灵泉"之称，故而为名。 灵谷寺现存建筑为山门、放生池、法堂、藏经阁、无量殿、灵谷塔、松风阁、宝公塔、三绝碑，其中，尤以供奉无量佛的无量殿最具特色。此殿是原灵谷寺仅存建

◎灵谷寺	筑，高 22 米，宽 53.8 米，呈长方形。殿宇分作五楹，均为券洞穹隆顶，无一横梁，不施寸木，仅用砖造，因此又名"无梁殿"。殿内还陈列着辛亥革命名人的蜡像，仿制真人比例，神态各异，逼真动人。灵谷塔高 66 米，九层八面，为花岗石和钢筋混凝土建筑，塔内有 252 级台阶，围绕中心螺旋上升。每层均以蓝色琉璃瓦披檐。松风阁阁高 10 米，宽 41.7 米，九楹二层，外有红柱回廊。其西南面有宝志禅师的葬身之所宝公塔，塔旁还有八功德水，相传泉水清、冷、香、柔、甘、净、不瘠、不蠲谵，有神奇疗效，为神泉也。宝公塔前还有著名的"三绝碑"，所谓"三绝"是指唐代画家吴道子所画的宝志禅师像、谪仙人李白的诗赞、颜真卿所书的字。画、诗、字完美结合，令人称赞。

入摄山栖霞寺

〔隋〕江总

　　壬寅年十月十八日，入摄山栖霞寺。登岸极峭，颇畅怀抱。至德元年癸卯十月二十六日，又再游此寺，布法师施菩萨戒。甲辰年十月二十五日，奉送金像还山，限以时务，不得恣情淹留。乙巳年十一月十六日，更获礼拜，仍停山中宿，永夜留连，栖神悚听。但交臂不停，薪指俄谢，率制此篇，以记即目，俾后来赏者知余山志。

净心抱冰雪，暮齿逼^[1]桑榆^[2]。
太息波川迅，悲哉人世拘。
岁华^[3]皆采获，冬晚共严枯。
濯^[4]流济八水，开襟入四衢。
兹山灵妙合，当与天地俱。
石濑乍深浅，严烟递有无。
缺碑横古隧，盘木卧荒涂。
行行备履历，步步怜威纡。
高僧迹共远，胜地心相符。
樵隐各有得，丹青独不渝。
遗风伫芳桂，比德喻生刍。
寄言长往客，凄然伤郦夫。

注释

[1] 逼：一作"迫"。
[2] 桑榆：老年。
[3] 岁华：春季。
[4] 濯：划船。

游摄山栖霞寺

〔隋〕江总

祯明元年太岁丁未 [1] 四月十九日癸亥，入摄山，展 [2] 慧布法师，忆谢灵运集《还故山入石壁中寻昙隆道人》，有诗一首，十一韵。今此拙作，仍学康乐之体。

霡霂 [3] 时雨霁，清和孟夏肇 [4]。
栖宿绿野中，登顿丹霞杪 [5]。
敬仰高人德，抗志 [6] 尘物表。
三空豁已悟，万有一何小！
始从情所寄，冥期谅不少。
荷衣步林泉，麦气凉昏晓。
乘风面泠泠，候月临皎皎。
烟崖憩古石，云路排征鸟。
披径怜森沉，攀条惜杳袅。
平生忘是非，朽谢岂矜矫？
五净 [7] 自此涉，六尘庶无扰。

注释

[1] 太岁丁未：即岁次丁未。岁次也叫年次，古代以岁星（木星）纪年，木星正好每年走一等分，12 年走一周。每年岁星（木星）所值的星次与其干支称为岁次。
[2] 展：拜见。
[3] 霡霂（mài mù）：微雨。
[4] 孟夏：初夏。肇：开始。
[5] 杪（miǎo）：原意指树梢，又引申为尽头。
[6] 抗志：高尚其志。
[7] 五净：即无烦天、无热天、善见天、善现天、色究竟天，是五净居天的简称。

| ◎栖霞寺 | 　　栖霞寺，位于江苏省南京市栖霞山中峰西麓，三面环山，北临长江，为南朝名刹，与湖北玉泉寺、山东灵岩寺、浙江国清寺并称"天下四大丛林"。

　　栖霞寺始建于南齐永明七年（489），明僧绍舍弃自己的住宅，将其改建为寺，因其号栖霞，故寺又称为"栖霞精舍"；后又在寺院后崖上开凿千佛岩，有大小佛龛394个，造像515尊。隋仁寿元年（601），印度僧人"分道送舍利，先往蒋州栖霞寺，及三十州次五十三州等寺起塔"，舍利塔便建造于此背景下。唐高祖武德年间，唐高祖李渊对寺院进行了扩建，增建49座殿宇楼阁，并改寺名为"功德寺""隐君栖霞寺"等；宣宗大中五年(851)，重新修建了之前因朝廷灭佛而遭毁的栖霞寺。

　　栖霞寺的寺名跟随帝王喜好几经变动，南唐时，改称"妙音寺"；宋太平兴国五年（980），改为"普云寺"，真宗景德四年（1007），又改为"栖霞禅院"，又称"景德栖霞寺""虎穴寺"；明洪武二十五年（1392）敕书"栖霞寺"，沿用至今；清咸丰五年（1855），栖霞寺又毁于战火，多年坍塌，无人修缮，后于清光绪三十四年（1908），由镇江市金山寺僧宗仰募款，若舜主持重建栖霞寺；栖霞寺屡建屡毁，直到1978年以后经重建，恢复旧观。

　　栖霞寺依山而建，规模广大，占地约2.67万平方米，背靠千佛岩，寺内主要建筑有山门、弥勒佛殿、大雄宝殿、毗卢宝殿、念佛堂、法堂、藏经楼、过海大师纪念堂、舍利塔。寺前有唐高宗李治撰文、唐代书法家高正臣所书的"江南古碑"——明征君碑，乃唐上元三年（676） |

◎栖霞寺	为纪念明僧绍舍宅建寺而立。弥勒佛殿内供奉着弥勒佛，袒胸露乳，面容慈善，背后还供奉有韦驮天王，昂首挺立，精神卓越。进入山门，拾级而上则可见主殿大雄宝殿，殿内供奉着释迦牟尼像，高达 10 米。其后的毗卢宝殿正中供奉有金身毗卢遮那佛，高约 5 米，其左右分别立有弟子梵王、帝释，大殿环侧还立有二十诸天，均高 2 米。整个殿堂庄严肃穆、沉稳大气。

毗卢宝殿后依山而建的则是念佛堂、法堂、藏经楼。其中，藏经楼位于寺院最高处，楼内藏经丰富，佛龛内还供有释迦牟尼像，为汉白玉雕刻而成。其左侧则为过海大师纪念堂，堂内供奉着鉴真和尚脱纱像及其生平事迹文献，并陈列有鉴真和尚第六次东渡图以及鉴真和尚纪念堂等文物。寺外右侧是五代重建的舍利塔，始建于隋文帝仁寿元年（601），为八角五层建筑，高约 15 米。塔身立于由台基、基座、仰莲座组成的台座上，基座为刻有八相图的须弥座，浮雕精致细腻、栩栩如生。寺前千佛岩始于南齐永明年间，由明僧绍之子镌造，有"江南云冈"之称。岩上刻有无量寿佛、观音、大势至菩萨，组成西方三圣。

游鸡鸣寺登旷观台 [1]

〔清〕秦焕

携到游山屐 [2]，登临得大观 [3]。
天风怀抱放，秋色画图看。
乘兴闲吟好，寻幽久住难。
白云双袖纳，无竹亦生寒。

注释

[1] 旷观台：位于鸡笼山巅。
[2] 山屐：登山用的木屐。
[3] 大观：盛大壮观、规模宏大。

◎鸡鸣寺

鸡鸣寺，位于江苏省南京市鸡笼山东麓，寺院是在西晋旧五寺院废址上建造起来的。明洪武十四年（1381），明太祖朱元璋亲临鸡笼山麓选址，建造国子监，因山名不宜，故改"鸡笼山"为"鸡鸣山"，取"晨兴勤苦"意；明洪武二十年（1387），明太祖命崇山侯李新督工重建寺院，倚山而建，名为"鸡鸣寺"；清康熙四十六年（1707），康熙帝由曹寅陪同南巡，访鸡笼山观象台和鸡鸣寺，并御书"古鸡鸣寺"匾额；清咸丰末年（1861），鸡鸣寺毁于战火；清同治六年（1867），寺院得到重修；鸡鸣寺屡建屡毁，现存寺院为依照明代形制修建而来，但规模较明代寺院已大大缩小。

鸡鸣寺主要建筑有山门、天王殿、大雄宝殿、毗卢宝殿、观音楼、药师佛塔、豁蒙楼、景阳楼等。由鸡鸣寺左侧拾级而上，映入眼帘的是山门，前后经过两次重修。新建的山门高两层、三开间，单檐硬山顶，门朝东面。山门侧有志公台，又名"施食台"，为纪念梁武帝师宝志和尚而建造。大雄宝殿供奉着铜鎏金释迦牟尼佛，为泰国所赠。观音楼为单檐硬山顶，内供奉观音菩萨像，坐南朝北，面朝北面且倒坐，龛座联曰："问菩萨如何倒坐？叹众生不肯回头。"药师佛，全称为"药师琉璃光如来"，是大乘佛教的佛名，药师佛塔相传为鸡鸣寺历史上第五座佛塔，但据考证，其很可能是鸡鸣寺的第三座佛塔，而非第五座。新建的佛塔为七层八面，高44.8米，斗拱重檐，内有楼梯，外有檐廊，通行方便。塔内供有25尊药师佛像，底层中央供有一尊明代铜质药师琉璃光如来佛，由北京雍和宫相赠。从第二层起，每层中间还供着4

◎鸡鸣寺	尊药师佛像，为樟木雕刻，各置于明代金丝楠木雕刻的佛龛内，整个佛龛雕刻细腻、精美。塔顶还矗立着青铜塔刹，重5吨，高11米。豁蒙楼建于清光绪二十年(1894)，由经堂改建，是张之洞为纪念其门生"戊戌六君子"之一的杨锐而建造，楼名取自唐代诗人杜甫《八哀诗》名句"朗咏六公篇，忧来豁蒙蔽"，楼层背后凝结着张之洞与杨锐的深厚情谊，颇具人文色彩。

题岳麓寺道乡台

〔唐〕潘庭坚

坡仙^[1]不谪黄，黄应无雪堂。

道乡^[2]不如新，此台无道乡。

青山非其人，山灵能颉颃^[3]。

一落名胜手，境与人俱香。

悲吟倚空寂，临眺生慨慷。

道乡不可作，承君不可忘。

注释

[1] 坡仙：指苏轼。苏轼号东坡居士，自号玉堂仙，文才盖世，仰慕者称之为"坡仙"。

[2] 道乡：指修道之地、仙境。

[3] 颉颃：原指鸟儿上下翻飞，后引申为互相抗衡、较量。

◎麓山寺

古志《善化县志》记载："岳麓山，县境大江之西，山足曰麓，一名灵麓。高明广大，具岳之体，乍晴则岩壑分明，欲雨则烟云瀚郁，橘洲横前，雉堞森拱，由湘西古渡石梁逾洲登岸，夹径乔松，泉涧盘绕，峣瞻岳秀，俯看江流，诚一郡之大观也。"被视为"南岳七十二峰"之一的岳麓山，在西晋以前就是道士修炼的圣地。相传，梁武帝为支持道士徐灵期，在麓山上建造上、中、下三所道观，以便修炼之用；唐宋时期，岳麓山上还曾修建古雪观、抱黄阁等道教建筑；明代时期，岳麓山上又建立了被列为道教真虚福地的云麓宫。

名山出佛道，西晋时期佛教开始传入长沙，西晋泰始四年（268），会稽僧人竺法崇来到湖南结庐传经，在此创建了岳麓寺，人称"湖湘第一道场"。唐初改名为"麓山寺"。唐武宗会昌五年（845），朝廷禁止佛事，寺庙遭到毁坏，僧人尽散。明万历年间又赐名"万寿禅林"，后在战火中毁坏。清康熙二十年（1681），僧人法灯重新修建，并改称"万寿寺"。民国初年又复名"麓山寺"。麓山寺几经毁坏、重建，如今仍能保留住往昔的大致风貌，实在是不幸中的万幸了。

麓山寺山门借鉴湖南地方建筑风格，式样为牌楼式，牌匾上刻有"古麓山寺"四个大字，门楼两侧则刻有"汉魏最初名胜，湖湘第一道场"的对联，为清代名士王闿运书写。整个山门色彩艳丽，上面精细地雕刻着释迦牟尼佛像、16位罗汉像，各个栩栩如生，姿态各异。排列在下排的梅花朵朵怒放，妍丽引人，茂密的翠竹、苍松相互掩映，风采绰约，舞动的龙、凤更是极大地点缀了

◎麓山寺

山门，虽弹丸之地却亦引人入胜。

进入山门，映入眼帘的便是左右对称开凿的放生池，体现佛教悲天悯人、积善成德的高贵品质。麓山寺前进为弥勒殿、钟鼓亭，中进为大雄宝殿，后进为观音阁。观音阁旧传为法崇禅师遗迹，后又传是唐僧景岑禅师或明吉藩所建，内供奉有观音佛像。其前庭赫然挺立的是一对高大挺拔的松树，相传是六朝时期所植，故名为"六朝松"，可惜乾隆时期，其中的一棵于大风中毁失了，如今只剩下一棵松木独立于院中。

麓山寺保存下来的最为珍贵文物是麓山寺碑。唐开元十八年（730），唐代大书法家李邕赴贬所途中撰文并书碑记，原刻于古麓山寺，清咸丰年间移嵌于岳麓书院楼壁间。碑体通高400厘米，宽144厘米。碑文28行，每行56字，行楷书，辞藻华丽。碑头为半圆形，篆额"麓山寺碑"四个字。后碑石遭到毁坏，有些字迹已散失。为纪念麓山寺的兴废修葺和历届禅师宣扬佛法的经过，上座慧杲寺主惠置、都维那兴哲等人发出倡议，并在司马西河窦彦澄的协助下建筑此碑。因其文采、书法、雕刻都极美，且李邕曾任北海太守，故称"北海三绝碑"。

游道林寺

〔唐〕戴叔伦

佳山路不远，俗侣 [1] 到常稀。
及此烟霞暮，相看复欲归。

注释

[1] 俗侣：指尘世间的友人。

岳麓山道林二寺行

〔唐〕杜甫

玉泉之南麓山殊，道林林壑争盘纡。

寺门高开洞庭野，殿脚插入赤沙湖。

五月寒风冷佛[1]骨，六时天乐朝香[2]炉。

地灵步步雪山草，僧宝人人沧海珠。

塔劫宫墙壮丽敌，香厨松道清凉俱。

莲花交响共命鸟，金榜双回三足乌。

方丈涉海费时节，玄圃寻河知有无。

暮年且喜经行近，春日兼蒙暄暖扶。

飘然斑白身[3]奚适，傍此烟霞茅可诛。

桃源人家易制度，橘洲田土仍膏腴。

潭府邑中甚淳古，太守庭内不喧呼。

昔遭衰世皆晦迹，今幸乐国养微躯。

依止老宿亦未晚，富贵功名焉足图。

久为野[4]客寻幽惯，细学何颙免兴孤。

一重一掩吾肺腑，山鸟[5]山花吾友于。

宋公放逐曾题壁，物色分留与[6]老夫。

注释

[1] 佛：一作"拂"。
[2] 香：一作"石"。
[3] 身：一作"将"。
[4] 野：一作"谢"。
[5] 山鸟：一作"仙鸟"。
[6] 与：一作"待"。

◎道林寺

道林寺位于湖南省长沙市岳麓山东麓，始建于六朝。隋唐时期，道林寺为佛教律宗寺院，宋代改为禅院。

据《道林精舍》载，"《旧志》：汉唐以前，郡邑无专学，人各有精舍，往往卜胜地卒业焉"。在岳麓山左面有一块佳地，江水横前，环境清幽。德宗（一说肃宗）年间，唐代名将马燧在道林寺旁修建道林精舍，谓其为道之林也；唐武宗会昌五年（845），朝廷发起灭佛事件，道林寺及道林精舍一同被毁，汗牛充栋的经书亦随之遭毁；唐宣宗大中元年（847），麓山寺沙门禅师疏言前往太原求取经书，后共得佛经5048卷。这些于次年运回潭州（今长沙）的经书再度点燃了名僧和方外名士的求佛热情，使得道林寺再度成为讲经重地，助推唐代佛教发展的同时，也对长沙佛教文化的发展起了不容忽视的重要作用。

唐僖宗乾符年间，袁浩在寺中兴建"四绝堂"，所谓四绝指"沈传师、裴休笔札，宋之问、杜甫篇章"，唐代著名诗僧齐己有诗《四绝堂观宋杜诗版》云："宋杜题诗在，风骚到此真。独来终日看，一为拂秋尘。古石生寒溜，春松脱老鳞。高僧眼根净，应见客吟频。"后经楚王马殷重新修建。明正德四年（1509），守道吴世忠为报僧人占领基址之恨，拆院毁寺，将拆下的木石建筑材料重修了岳麓书院，道林寺因此遭废，只剩断瓦残垣。清顺治十五年（1658），僧果如在岳麓山北寻得一块佳地，于其上重建了寺院，即今道林寺。后湖南大学图书馆便选址其上。

唐宋时期，道林寺先后出现了一批高僧，如道林广惠

◎道林寺	宝琳禅师，少学经论，后拜圆通禅师为师，学习佛家经典，精心修道，佛法高深；道林圆悟克勤禅师，号佛果，任夹山寺住持时著有禅宗宗门第一本《碧岩录》，为后世僧人禅修指明了路径，意义深远；道林雪岩祖钦禅师，亦少学经论，原先始终不得法，昏沉散乱，后得法于无准师范禅师，方才悟道，著有《雪岩祖钦禅师语录》。这些高僧与文人墨客，共同赋予了道林寺文化色彩，同时也留给后世无限遐想与追思。

早秋寄题天竺灵隐寺

〔唐〕贾岛

峰前峰后寺新秋，绝顶高窗见沃洲 [1]。
人在定 [2] 中闻蟋蟀，鹤从栖处挂猕猴。
山钟夜渡空江水，汀月寒生古石楼。
心忆悬帆身未遂，谢公 [3] 此地昔年游。

注释

[1] 沃洲：指物产丰富的肥沃之地。
[2] 定：佛教用语，指打坐入定。
[3] 谢公：指谢灵运。

◎灵隐寺

"鹫岭郁苕峣，龙宫锁寂寥。楼观沧海日，门对浙江潮。桂子月中落，天香云外飘。扪萝登塔远，刳木取泉遥。霜薄花更发，冰轻叶未凋。凤龄尚退异，搜对涤烦嚣。待入天台路，看余度石桥"（《灵隐寺》）。宋之问的这首诗作寥寥几笔便将灵隐寺的清、幽、静、美勾勒殆尽，灵隐寺的禅意犹如一缕青烟缥缈虚空，让人回味，让人回想。

灵隐寺，又称"云林禅寺"，位于浙江省杭州市西湖西北面的北高峰山麓。南宋《淳祐临安志·武林山飞来峰》引晏殊《舆地志》云，灵隐寺始建于东晋咸和元年（326），天竺僧人慧理见此地清幽，认为有"仙灵所隐"，故在此地兴建寺庙，并取名"灵隐寺"。到南朝梁武帝时期，寺庙得到资金得以扩建，后历经战火，加上隋唐时期朝廷多次禁佛，寺庙一度寺毁人散。

到五代时期，受吴越王钱镠弘扬佛法的影响，灵隐寺也得以重新振兴，有9楼、18阁、77殿堂、僧众3000余名，规模宏大，盛极一时；元明两代，屡建屡修；清顺治年间，禅宗巨匠具德和尚任灵隐住持，筹资重建，仅建殿堂时间长达18年，建成7殿、12堂、4阁、3轩，规模之宏居"东南之冠"；清康熙二十八年（1689），康熙帝南巡时看到此地"山林秀丽，香云绕地"，故赐名"云林禅寺"。历经磨难的灵隐寺后经多次修缮，方才逐渐具备现在的形制与规模。

灵隐寺背靠北高峰，面朝飞来峰，明代袁宏道《西湖杂记》记载："灵隐寺在北高峰下，寺最奇胜，门景尤好。由飞来峰至冷泉亭一带，涧水溜玉，画壁流青，是

◎灵隐寺	山之极胜处。"飞来峰，又名"鹫峰""灵鹫峰"，相传，天竺僧人慧理来杭州，看到此峰惊奇地说："此乃天竺国灵鹫山之小岭，不知何以飞来？"因此称为"飞来峰"。宋仁宗皇祐二年（1050），王安石离任返乡，途经此地，留下了脍炙人口的诗句："飞来山上千寻塔，闻说鸡鸣见日升。不畏浮云遮望眼，自缘身在最高层。"（《登飞来峰》）位于灵隐寺山门之左的冷泉亭，绿树环绕，黟映阴森，旁边还有一汪泉水，泠泠作响，也是躲避尘嚣，回归宁静的幽静之处。 　　除飞来峰、冷泉亭外，灵隐寺的布局类似江南寺院格局，主要以天王殿、大雄宝殿、药师殿、法堂、华严殿为中轴线而形成五层格局。中轴线的两侧，则附以五百罗汉堂、道济禅师殿、华严阁、大悲楼、方丈楼等辅助建筑。其中，大雄宝殿为单层、重檐、三叠建筑，高达33.6米，殿内供奉高24.8米，由24块香樟木雕成的释迦牟尼莲花坐像，大殿后壁又有海岛立体群塑，有150尊佛像，佛像姿态各异，栩栩如生；五百罗汉堂平面呈"卍"字形，堂内供奉着文殊菩萨、普贤菩萨、观音菩萨、地藏菩萨等，雕像神态各异、造型精美。 　　如今，灵隐寺的文化底蕴吸引着无数善男信女前来虔诚跪拜，这座千年古刹也因此香火不断，门庭若市。

坐安隐寺泉上

〔清〕厉鹗

亭亭石莲幢，千载标觉路。

秧田铺僧衣，松盖[1]引客步。

寺门幽且深，泓泉蓄复注。

林光射池影，下见金碧聚。

疑有神物潜，山鸟不敢污。

我来斗茶[2]坐，瓤热欣所遇。

想见六月中，行人屡回顾。

注释

[1] 松盖：是谓乔松枝叶茂密，状如伞盖。

[2] 斗茶：又叫"斗茗""茗战"，始于唐代，宋代北苑区极为盛行，斗茶者各取所藏好茶，轮流烹煮，以其茶色和泡沫颜色品评高下，是古代贤人雅士用来玩味的一种娱乐活动，富有趣味性和挑战性。

安隐寺诗

〔宋〕苏洞

樟树何年种，娑娑满寺门。
金身虚像设，画壁尽尘昏。
龙虎青山远，冰霜碧甃存。
坊官敬人客，顷刻具肴尊。

◎安隐寺

安隐寺位于浙江省绍兴市临平山南麓，建于唐宣宗年间，名"永兴院"。南唐清泰元年（934），吴越王重建寺院，又名"安平院"。至宋治平二年（1065），始赐今名。

安隐寺屡建屡毁，中华人民共和国成立之初，寺院僧房皆为清代建筑，其中，经幢、石碑、唐梅、古松、黄杨都得到了保存。但后来刻着佛号或经咒的经幢遭毁坏，安隐寺也被拆除。其内容可以从明代吴之鲸《武林梵志》卷四的记载得到部分印证。其记载："安隐寺去城六十里，在临平山。南唐清泰元年吴越王建，名安平，有安平泉。宋治平二年改今额；元至正末毁，永乐初重建。其后即临平山。地生曲竹，相传丘隐士羽化弃杖于此，其竹皆曲。寺有宝幢，归并于此，曰报慈，曰圆满院，曰寂照庵。"

安隐寺面水漪绿，长泓背山，右旁立有一小牌坊，上面写着"灵山拱秀"四个大字，寺前有一口小井，池形长方，井栏上刻有"安平泉"三字。安平泉相传为"天下第七泉"，泉水清澈见底，泉水的旁边还立有一块石碑，上面刻有苏轼咏安平泉的诗句。入寺有三间屋舍，名为"香雪亭"，亭前有一株弯曲、别致的梅花，旁边围有栏杆，相传梅花为唐代所植，故称"唐梅"。梅花繁花似锦，香气氤氲。安隐寺云峰滴翠，茂林修竹，四周有流水潺潺，登高远眺风景明丽，实为避暑胜地，正如清代诗人张纲孙《坐安隐寺》云："箕坐青苔石，虚谷听未了。法堂隐竹暮，古殿敞松晓。涧深生溪云，藤垂怯隐鸟。回顾白石潭，傍映萝月小。"

郁达夫在《临平登山记》中曾记："安隐寺，实在是坍败得可以，寺里面的那一棵出名的唐梅，树身原也不

◎安隐寺	小，但我却怎么也不想承认它是一千几百年前头的刁钻古怪鬼灵精。你且想想看，南宋亡国，伯颜丞相，岂不是由临平而入驻皋亭的么？……此后还有清朝，还有洪杨的打来打去，庙之不存，树将焉附，这唐梅若果是真，那它可真是不怕水火、不怕刀兵的活宝贝了！"虽然郁达夫对唐梅的真实性表示怀疑，但是我们可以以己度人，猜测一二。作家慕名而来，见状如此，难免就在心里给这个历经风雨的唐梅打了折扣。这棵唐梅是否为唐代所植，今天已难考证，但是我们有理由相信，此时作家眼前的唐梅已经不再是唐梅这个实物本身了，而是作家借它来探寻古代的痕迹与气息，感慨时代的更迭与残酷的工具罢了。

净慈寺观饭僧

〔清〕李宪乔

湖阴[1]连上方，凿井近斋堂。

遍礼才登座，无声已满廊。

何人勤利施[2]，养鸽亦分尝。

却视经过处，闲闲掩净房。

注释

[1] 湖阴：湖的南面。古代以山南水北谓之阳，山北水南谓之阴。

[2] 利施：指布施财物。

晓出净慈寺送林子方 [1]

〔宋〕杨万里

毕竟西湖六月中，风光不与四时 [2] 同。
接天莲叶无穷碧，映日荷花别样红。

注释

[1] 林子方：杨万里的友人林枅。
[2] 四时：指春、夏、秋、冬四个季节。

◎ 净慈寺

　　净慈寺位于浙江省杭州市南屏山慧日峰下，是杭州西湖四大丛林（灵隐寺、净慈寺、昭庆寺、圣因寺）之一。

　　五代后周显德元年（954），吴越王钱弘俶为西湖南山佛教的开山祖师永明禅师建造了寺院，原寺名以永明禅师的法号和地名命名，称为"慧日永明院"；北宋，宋太宗将寺院改名为"寿宁院"；南宋绍兴九年（1139），宋高宗将寺院改称为"净慈报恩光孝寺"，简称"净慈寺"；南宋嘉定十三年（1220），寺内首塑五百罗汉，供奉在罗汉堂内；明清时期，净慈寺屡毁屡建，近代净慈寺被列为中国"汉族地区佛教全国重点寺院"，受到了重视与保护，寺院方才焕然一新。

　　净慈寺现仅存永明塔院、钟楼、金刚殿、大雄宝殿、三圣殿、"南屏晚钟"御碑亭、法净禅师墓地、放生池、照壁、运木古井、莲花洞、摩崖石刻等建筑。其中济公和尚古井运木的故事更是具有传奇色彩，流传至今。

　　济公和尚，法名"道济"，又称"济癫"，原在灵隐寺出家，后改居净慈寺。相传，南宋嘉泰年间，净慈寺遭遇大火，大殿被焚毁。寺院住持见到大殿毁坏，想要重新修建大殿，奈何财力不济，故而日日心急如焚，如坐针毡。正当住持无可奈何之际，济公和尚却自称能在三日内集好木料，兴建寺院，只须住持找好木匠等待即可。住持虽半信半疑，但见形势紧急，也没有更好的办法，便按照济公和尚的说法，找好了木匠等待三日。日子一到，大家都急不可耐，把寺院围了个水泄不通。正当大家以为济公和尚骗人，准备离开时，济公和尚突然大声嚷道："木料到了！"住持急忙询问，济公和尚不紧不慢地回

◎净慈寺

答道："木料已从海上运来了，就在寺里的'醒心井'里，只要把它们拉上来就行了！"住持虽满心疑惑，但还是跟随众人来到了井旁，开始摇起辘轳来。神奇的是，随着辘轳一起上来的真是一根匀称笔直的木头，而且木头仿佛有了神力，一根接着一根，不停地往上涌出，大家一时间手忙脚乱，都顾不上惊讶了。就这样，脚边堆满了大约七十根木头，这时不知是谁喊了一声"够了"，井里的木头这才停止了上升，只留下一根木头还浸泡在井里。

从此，这口醒心井便被人们称为"神运井"，关于济公和尚运木造寺的传说也在民间广为流传，唤起许多人的童年回忆，也许在某个路口，你还能听到孩童哼着的歌谣呢："鞋儿破，帽儿破，身上的袈裟破。你笑我，他笑我，一把扇儿破。南无阿弥陀佛，南无阿弥陀佛。南无阿弥陀佛，南无阿弥陀佛。哎嘿，哎嘿，哎嘿……"

西湖晚归回望孤山寺赠诸客

〔唐〕白居易

柳湖 [1] 松岛莲花寺，晚动归桡 [2] 出道场。
卢橘子低山雨重，棕榈叶战水风凉。
烟波澹荡 [3] 摇空碧，楼殿参差倚夕阳。
到岸请君回首望，蓬莱宫在海中央。

注释

[1] 柳湖：杭州西湖。
[2] 桡：船桨。
[3] 澹荡：水面起伏不定的样子。

钱塘湖春行

〔唐〕白居易

孤山寺北贾亭 [1] 西，水面初平云脚低 [2]。
几处早莺争暖树 [3]，谁家新燕啄春泥。
乱花渐欲迷人眼，浅草才能没 [4] 马蹄。
最爱湖东行不足，绿杨阴里白沙堤。

注释

[1] 贾亭：一名贾公亭。
[2] 云脚低：指云层低垂，像是要与湖面连在一起。
[3] 暖树：指向阳树木。
[4] 没：遮盖、淹没。

◎孤山寺

　　孤山寺，俗称"广化寺""莲花寺"，位于浙江省杭州市孤山南麓，因此得名。又因为莲花盛开时节，孤山寺仿佛浮托在莲花之上，故又称"莲花寺"。

　　孤山寺始建于南朝陈文帝天嘉初年（560），原名为"永福寺"。唐长庆时期，孤山寺有元稹撰写的《永福寺石壁法华经记》石刻，从中可见当时孤山寺的情形，其文记载："永福寺，一名孤山寺，在杭州钱塘湖心孤山上。石壁《法华经》在寺之中。始以元和十二年严休复为刺史，时惠皎萌厥心，卒以长庆四年白居易为刺史，时成厥事。上下其石六尺有五寸，短长其石五十七尺有六寸。座周于下，盖周于石，砌周于堂。凡买工凿经六万九千有二百五十钱，十经之数。"

　　唐武宗自幼信奉道家，即位后更是极力推崇道教，主张废除佛教。会昌五年（845），唐武宗下令除长安、洛阳等部分地区保留佛寺之外，其余一律拆除。相传，大约4600所大中型寺院、4万所小型庙宇均毁于难，永福寺也因此遭到毁坏。宋真宗大中祥符年间，僧人方简在寺庙废墟上重建寺观，改名"广化寺"，并新建辟支佛骨塔、竹阁、水鉴堂、柏堂、凌云阁、金沙井等胜景。南宋绍兴年间，改创"四圣观"。元代，杨琏真迦改名"万寿寺"，后毁于元代末期。明洪武初年，刘基复建，后又颓圮。孤山寺历经磨难，屡建屡毁，清光绪二年（1876），丁丙捐资重新修建柏堂、移建竹阁，并开挖小莲池。后续，丁丙、丁申两兄弟又复建了广化寺的临湖寺门。光绪六年（1880），僧人悦觐、胐辅募建广化寺大雄宝殿，后又由主持寺僧定一继续修建，但重

◎孤山寺

修后的广化寺规模、建制远不如前，后竹阁、柏堂也逐渐从广化寺中分离出来，与蒋公祠连为一体，并发展成为西泠印社初创时的活动场所之一。广化寺后也因为白蚁咬噬而拆除。

承载历史文化印记的竹阁、柏堂，如今还闪着耀眼的光芒。《咸淳临安志》记载竹阁"旧在广化寺，柏堂之后。有小阁，多植竹，白公每偃息其间，仍有诗，遂以名"。相传，竹阁为唐代诗人白居易所筑，唐时建于孤山，后迁至北山，称"竹阁寺"。

现竹阁为清光绪二年（1876）重建，有诸乐三先生篆书的匾额悬挂其上，配有"以文会友，与古为徒"楹联，整个竹阁绿阴环绕，清净雅致；柏堂与竹阁相连，曾国藩《孤山二咏（并序）》记载："孤山有陈时柏二株，其一为人所薪。山下有老人自为儿，已见其枯矣！然坚悍如金石，愈于未枯者。僧志诠作堂于其侧，名之曰柏堂。"

题灵峰寺壁

〔宋〕苏轼

灵峰山上宝陀寺，白发东坡又到来。
前世德云[1]今我是，依稀犹记妙高台。

注释

[1] 德云：佛经中的人名。

◎普济寺	普陀山，是浙江省东部舟山群岛中的一座山岛，有"海天佛国""南海圣境""第一人间净土"之称。 "缥缈云飞海上山，挂帆三日上潺湲。两宫福德齐千佛，一道恩光照百蛮。洞草岩花多瑞气，石林水府隔尘寰。鳅生小技真荣遇，何幸凡身到此间。"元代诗人赵孟頫笔下的普陀山青峰翠峦，古刹精舍，岩壑秀奇，引人入胜。普陀山的扬名还要归于其中古刹的幽静绝丽，以普济寺、法雨寺、慧济寺三寺为主的建筑群最具代表性，其中，普济寺名声最大。 普济寺，又称"普济禅寺""前寺""宝陀观音禅寺"，位于舟山市普陀山灵鹫峰南麓，是我国四大佛教名山（文殊菩萨道场——山西五台山、观音菩萨道场——浙江普陀山、普贤菩萨道场——四川峨眉山、地藏菩萨道场——安徽九华山）之一。 普济寺始建于宋元丰三年（1080），初称为"宝陀观音禅寺"。明初遭毁。明万历三十三年（1605），皇帝下令重建寺庙并赐"护国永寿普陀禅寺"扁额。清康熙四年（1665），寺院再次于战火中焚毁，当时只有大殿幸免于难。清康熙二十八年（1689），又重新修建寺院。清康熙三十八年（1699），因受赐御书匾额"普济群灵"，故更名"普济寺"。 普济寺几经兴废，最终形成了现在的规模与形制。普济寺作为供奉观音菩萨的主刹，寺内有殿阁堂庑三百余间，总面积14000多平方米，规模宏大，建筑雄伟。前院有若干宝塔状的大鼎，鼎内香火不断，寺院中常年轻烟袅袅，笼罩着安谧祥和的氛围。

◎普济寺	全寺以观音正殿为中心，有六进殿堂，包括山门殿、天王殿、大圆通殿、法堂、功德殿等，自南向北贯穿于一条中轴线上。其中，天王殿也称"金刚殿"，面宽5间，进深4间，殿内左侧为崇德殿、祖师殿、罗汉殿，右侧为功德殿、伽蓝殿、罗汉殿，殿中迎面供奉的是弥勒菩萨，光首，袒胸，盘坐，面带笑容。大圆通殿作为普济寺的主殿，供奉着观音金身佛像，像高8.8米。大殿两侧则排列着观音大士现身时的32个变身造型，各个佛像虽姿态各异，但都神情安宁，透露出悲天悯人、普济众生的慈爱神色。大圆通殿后面的高坛上建有藏经楼，下层是法堂，上层用来藏经。 　　现在的普济寺安静、祥和、超脱、自然，人们穿梭于大殿、前廊之中，在那里洗涤自己浮躁的灵魂，暂时把它当作滚滚红尘中休憩的临时场所，生活的一切似乎都在香烟浓雾中按下了暂停键，在那里，众生皆苦；在那里，你我皆凡人。

宿云门寺阁

〔唐〕孙逖

香阁东山[1]下，烟花[2]象外幽。
悬灯千障夕，卷幔[3]五湖秋。
画壁飞鸿雁，纱窗宿斗牛[4]。
更疑天路近，梦与白云游。

注释

[1] 东山：指云门山。
[2] 烟花：指美丽、晴明的景象。
[3] 幔：窗幕、窗帘。
[4] 斗牛：斗、牛均为古代星宿名。

◎云门寺	云门寺位于今浙江省绍兴市南云门山上，远离尘嚣，繁花盛开，景色清幽绝美。寺庙位于丛山之下，紧临湖水，傍晚的时候暝色四合，香阁里明灯高悬，点点灯火似翩翩飞舞的流萤，周围是环绕的千山，窗外又可以总览五湖秋色，真可谓凭栏远眺、怀暮思春的好去处。《水经注·渐水》记载："又有玉笋、竹林、云门、天柱精舍，并疏山创基，架林裁宇，割涧延流，尽泉石之好。"

《舆地纪胜》卷八记载："云门山在绍兴南三十一里，有雍熙寺，为州之伟观。昔王子敬居此，有五色祥云，诏建寺，号云门。"由此可知，云门寺原是王献之的住宅，东晋义熙三年（407），因其住宅上空出现五色祥云，被认为是祥瑞之兆，故皇帝下诏建立了云门寺。

云门寺在历史上规模宏大，在鼎盛时期更是热闹非凡、盛极一时。诗人陆游曾在"云门草堂"读过书，他在《云门寿圣院记》中便对云门寺作过生动的记载："云门寺自晋唐以来名天下，父老言昔盛时，缭山并溪，楼塔重复，依岩跨壑，金碧飞踊，居之者忘老，寓之者忘归。游观者累日乃遍，往往迷不得出。虽寺中人或旬月不相觌也。"游玩寺庙的人竟时常找不到出口，当年盛况由此可见一斑。

云门寺包括云门主寺及多个副寺，是显圣寺、普济寺等的统称，有"云门六寺"（广孝寺、显圣寺、雍熙寺、普济寺、明觉寺、云门寺）的说法。明代文学家黄汝亨在其《云门山记》中记载，进入寺门之后首先映入眼帘的是"云门古刹"四个大字，为官谕阳和先生所题。往里走，道旁有著名的"辨才塔"。关于这座塔，背后还

◎云门寺	蕴藏着一段故事。相传，辨才为书圣王羲之第七世孙智永禅师的弟子，收有《兰亭序》真迹，但唐太宗因追慕王羲之的书法杰作，故使用计谋骗取真迹，后又厚赏给了智永禅师，禅师后利用赐在此建造了辨才塔。如今，辨才与智永禅师的故事已随着往事而去，只留下颓圮而孤独的塔。原丽句亭、听泉阁、溪风阁也均已废弃，只有石桥安然无恙。 　　云门寺周围的禅房、斋房及楼阁，屋舍整齐、庄严肃穆，被环抱在葱茏林木之中，秀美雅致，因此吸引着许多文人、僧侣在此修身养性，提升学养。作为绍兴除兰亭之外最为著名的一处书法胜地，云门寺中就发生过许多名人逸事，如王羲之七世孙智永禅师苦练书法最终成名的"退笔冢"与"铁门槛"的故事就发生在此。此外，云门寺更是高僧云集，历任住持如帛道猷、法旷、支遁、智永、辨才、具德礼等都是对中国佛教产生过深远影响的高僧。

雨后至天宁寺

〔清〕王士禛

凌晨出西郭，招提[1]过新雨。
日出不逢人，满院风铃语。

注释

[1] 招提：梵语，寺庙的别称。

◎天宁寺

天宁寺，位于北京西城区广安门西北侧，始建于北魏孝文帝延兴年间，由孝文帝拓跋宏创建，初名"光林寺"；隋文帝仁寿二年（602），改名"宏业寺"；唐朝开元时期改名"天王寺"；金大定二十一年（1181），改名"大万安寺"；辽代，寺内建有舍利塔一座，即现存的天宁寺塔；元末毁于战火，寺院遭到严重破坏，仅余高塔一座；明初，燕王朱棣重建寺院。明宣德时改称"天宁寺"；清乾隆二十一年（1756）和乾隆四十七年（1782），天宁寺又得以两次修缮，寺院焕然一新，风景雅丽。

天宁寺早期坐西向东，明代后改为坐北向南，清道光年间又改回坐西向东。现存的寺院布局仍为坐北向南，有东西、南北两条轴线。初进天宁寺有山门，上刻"天宁寺"三个大字，为灰筒瓦硬山式门顶。再往里进，则能望见须弥殿一座，面阔5间，进深3间，为绿琉璃瓦黄剪边大硬式山顶式建筑。殿前有月台，两侧各有乾隆二十一年（1756）及四十七年（1782）重建天宁寺所修建的碑记。殿后有东、西殿各三间，其中轴线上便挺立着著名的天宁寺塔。

天宁寺塔雄伟庄重、雕刻精美，是北京地区保存较早的古塔，最初多被人误认为是隋代所建，后经著名建筑学家梁思成考证，现存塔实为辽代重建。塔虽经重建，但是仍保存了辽代建筑风格，实属不易。

天宁寺塔作为辽代砖塔，形制独特，共计飞檐叠拱13层，为实心砖砌，内无石阶可行。塔高57.8米，由塔座、塔身、密檐组成，平面呈八角形。天宁寺塔座甚高，最底一层为须弥座，亦呈八角形，下层基座各面有六座

◎天宁寺	壶门形龛，由短柱隔成，龛内雕有浮雕坐像，各龛之间雕有缠枝莲，束腰上雕有壶门花饰。其上复有一道束腰，最上一层则有斗拱勾栏俱全的平座，与三层仰莲瓣共同承托塔身。塔身共计13层，雕有金刚力士、菩萨、云龙等浮雕，造型丰富多样、形象生动。13层塔身属浮屠建层的最高级别，一般为皇家特许。其中，第一层塔身立于仰莲之上，约占全塔高度的三分之一，四正面为拱券假门，两侧夹立天王像，神态各异，栩栩如生，为辽代雕塑艺术的精品。其以上的12层塔身，每层仅有出檐、斗拱，每层重叠而不露塔身。宽度向上逐渐缩减，外部轮廓整体呈"卷杀"状，壮丽、雄伟。塔顶则以宝珠形的"塔刹"收尾。整个建筑造型优美，精致典雅，是难得的实心砖塔。

天坛

〔明〕徐渭

张公当时骑白雀，下与高皇共斟酌 [1]。

一从九鼎向幽燕，碧坛空锁琉璃斫。

古松旧柏黑成迷，绿瓦从中一雉 [2] 飞。

扬雄不得陪郊祀，空忆当年执戟时。

龙驹远自施罗来，开平已死无人骑。

却付羽林谁健儿，压沙五石缓其蹄。

真人雄心老更雄，月中自控赴斋宫。

四十八卫万马中，一尘不动五里风。

黄蘖 [3] 太苦蔗太甘，盛时文字忌新尖。

当时作颂轻枚马，付与金华宋景濂。

注释

[1] 斟酌：指共同饮酒。

[2] 雉：野鸡。

[3] 黄蘖（niè）：落叶乔木。

◎天坛

天坛，位于北京永定门内，是中国明清皇帝祭天和祈祷丰年的场所，始建于明永乐十八年（1420），原称"天地坛"。

天坛的全部建筑，可以简单地分为两组。南面一组主要是祭天的大坛和圆殿，称为"圜丘""皇穹宇"。圜丘建于明嘉靖九年（1530），位于大祀殿南面，是每年冬至日祭祀天地的地方。圜丘由汉白玉石堆砌，平面正圆，是三层露天圆坛，高约一丈六尺，每层有石栏杆围绕，共计360块，象征"周天三百六十度"。圆坛的台阶、栏杆、铺地石砖等的尺寸、数目都取1、3、5、7、9等奇数及它们的倍数，这与古代人以奇数为"阳数"的认识分不开。皇穹宇位于圜丘的北面棂星门外，用于存放神位木牌，平面亦为圆形，殿内有八根内柱，宛如伞盖。围绕四周的围墙墙面是精美的磨砖对缝，这一圈环形围墙因为可作"声学游戏"，故俗称"回音墙"。

北面一组主要是祈年殿及其后面的皇乾殿、东西配殿、祈年门。明代所建祈年殿于1889年毁于雷火，现存的祈年殿是1890年按照原式重新建造的。祈年殿是每年正月上辛日皇帝祈谷的地方，平面呈圆形，装有隔扇、槛窗、蓝琉璃砖槛墙，上有三重蓝色琉璃瓦檐，最上一层上安金顶，阳光下闪烁着点点金光，灵动轻盈。整体建筑结构雄伟，层层升高，极富动感美。位于祈年殿的北面的皇乾殿，是一座庑殿式大殿，专门用来供奉天地、祖宗的神碑木牌。东西配殿建筑造型讲究，布局严谨。祈年门为庑殿顶建筑，是祈年殿院落的正门。除两组建筑外，重要的附属建筑还有位于祈谷坛内坛西南隅的斋

龙驹远自施罗来，开平已死无人骑。
却付羽林谁健儿，压沙五石缓其蹄。

——〔明〕徐渭

◎天坛	宫，是皇帝举行祭天大典前进行斋戒的场所。其外围两周的围墙，依据古代"天圆地方"的认知，北边一半呈半圆形，南边一半呈方形，殿内陈设简单朴素，环境典雅。 天坛整个建筑外形均为圆形，线条流畅、简洁且富有文化内涵，建筑布局疏朗有致，翠柏挺立，绿草茵茵，环境静谧悠远，让人进去便觉一股庄严肃穆、浑厚凝重的氛围，使人在感慨环境清幽的同时，也为古代劳动人民的血汗与智慧深深折服。

同诸公登慈恩寺 [1] 塔

〔唐〕杜甫

　　时高适、薛据先有此作。

高标 [2] 跨苍天，烈风无时休。
自非旷士怀，登兹翻百忧。
方知象教 [3] 力，足可追冥搜。
仰穿龙蛇窟，始出枝撑幽。
七星在北户，河汉声西流。
羲和 [4] 鞭白日，少昊 [5] 行清秋。
秦山忽破碎，泾渭不可求。
俯视但一气，焉能辨皇州。
回首叫虞舜，苍梧云正愁。
惜哉瑶池饮，日晏昆仑丘。
黄鹄去不息，哀鸣何所投。
君看随阳雁，各有稻粱谋 [6]。

注释

[1] 慈恩寺：位于今陕西省西安市城南，原名"无漏寺"，后改为"大慈恩寺"。
[2] 高标：指塔尖。
[3] 象教：指佛教。
[4] 羲和：古代神话中赶着六条龙拉车，载着太阳运行的神。
[5] 少昊：古代神话中主管秋天的神。
[6] 稻粱谋：善于谋取功名利禄。

◎大雁塔

大雁塔，又名"慈恩寺塔""慈恩寺浮屠"，位于今陕西省西安市慈恩寺内。唐贞观二十二年（648），太子李治为报答已故母后文德皇后的养育之恩，特奏请唐太宗建造佛寺，寺院建成后，唐高宗御书《大慈恩慈碑记》，自此寺院名为"大慈恩寺"。

相传，在古印度摩揭陀国，寺中僧人食不果腹，一僧人看到群飞的大雁后，说道："菩萨应该知道我们没有肉吃，正受饿啊！"话音刚落，一只大雁便坠死在面前，寺中僧人无不惊奇感慨，认为这是菩萨显灵，在舍身布道，于是自此不食荤腥，并建造一塔，取名"雁塔"。此类的传说还有许多，但都归于以此阐明佛教慈悲度化的思想。唐永徽三年（652），著名僧人玄奘为放置取回的佛经与舍利，特意奏请唐高宗建造佛塔，此佛塔正是玄奘仿造印度雁塔而建造的。

大雁塔原塔加高后在战火中不幸被毁坏，唐长兴年间，大雁塔重新修缮，明天顺年间秦藩宗室重新修建慈恩寺宇，修缮了此塔。万历三十二年（1604）再次修缮，并在塔外包砌了一层厚厚的明砖，使得大雁塔塔身异常坚固。我们今天所见的大雁塔形制就是承袭明代修缮的结果。

大雁塔呈四方形，属楼阁式砖塔，造型稳定厚实，结构合理。整座塔由塔基、塔身、塔刹三部分组成，塔体自下而上按比例递减，各层均以青砖模仿唐代建筑，成为仿木构的楼阁式样，首层和二层为九开间，三、四层为七开间，五至七层为五开间，每层、每面都有一个拱券门洞。塔底南门两侧，镶嵌着唐代书法家褚遂良书写

素描——大雁塔

仰穿龙蛇窟，始出枝撑幽。
七星在北户，河汉声西流。

————〔唐〕杜甫

◎大雁塔	的唐太宗撰写的《大唐三藏圣教序》碑文以及唐高宗李治所撰写的《大唐三藏圣教序记》碑文。 　　"浮屠七级入云巅，普度生灵一铁肩。万里西天何所悟？历经磨难是经卷。"大雁塔的反复修缮从侧面也反映出了人们传播慈悲、感恩于人的信仰，它不仅仅是一座屹立不倒的高塔，更是芸芸众生孜孜以求，浮沉人世的真实写照。

第五章　桥梁

· QIAOLIANG

安济桥

〔元〕刘百熙

谁知千古娲皇石[1]，解补人间地不平。
半夜移来山鬼泣，一虹横绝海神惊。
水从碧玉环[2]中过，人在苍龙[3]背上行。
日暮凭栏望河朔，不须击楫壮心生。

注释

[1] 娲皇石：女娲补天之石。娲皇，神话中炼五色石补天的女娲。
[2] 碧玉环：指拱桥与其在水中的倒影所构成的圆环。
[3] 苍龙：指安济桥。

◎赵州桥	赵州桥，又称"安济桥""大石桥"，位于河北省石家庄市赵县的洨河上，建于隋炀帝年间，是当今世界上现存最早、保存最完善、跨度最长的古代单孔敞肩圆弧石拱桥，与沧州狮子、定州塔、正定菩萨并称"华北四宝"。

　　赵州在古代地处南北交通要道，然而每遇山洪暴发，河水泛滥之际，交通就会因此堵塞，极大地影响了人们的正常生活。隋朝初年，战乱结束，经济活动重新活跃起来，为"盖以杀怒水之荡突"，方便人民出行与经济沟通，隋朝匠人李春设计并建造了安济桥，也即今天闻名遐迩的赵州桥。

　　赵州桥横跨河流南北两岸，整个桥体采用纯石块建造，长50.82米，两端宽9.6米，中间略窄，主拱由28条拱券并立而成，每拱用石约40块，每块石长约1米，厚约1.03米，重约1吨。造桥用的石块取自太行山上的大青石，青石再按照统一标准，加工成重量均等、形状相同的长方体。

　　在具体设计上，赵州桥采用既能降低桥面高度，节省施工成本，又能延长桥身跨度，方便行人车辆通行的圆弧拱。另外，赵州桥不同于大多数石桥采用的实肩拱，创新地采用了敞肩拱，即在大拱的两旁分别增设两个小拱，这四个小拱也都采取各自独立的28道并列纵券，并增加护拱石以增强横向拉力。多出的小拱更能配合大拱，增加暴雨洪水时的泄洪能力，在保障人们生命财产安全的同时，更能延长桥梁的寿命。这种独特的拱形模式，符合结构力学原理，减轻了桥身的重量，同时也减小了对桥基和桥台的作用力，提升了桥梁的稳定性。

◎赵州桥	为了提高桥梁整体的稳定性，李春等匠人又采取在桥身横插数根铁拉杆，将主拱的28道石券拉紧在一处，在券面上铺上护拱石，并在相邻的两块石券中间镶嵌入腰铁，使两边石拱券向中间倾斜等措施。这些措施，使得赵州桥历经千年却依旧屹立不倒，成为桥梁工程发展的里程碑建筑。 　　赵州桥设计巧妙，结构严谨，桥上还有雕刻精致生动的玉石栏杆，轻盈明快，远观造型均衡对称，结构优美，近观更是完整统一，细腻动人，素有"奇巧固护，甲于天下"的美誉。

望江南·扬州好·五亭桥

〔清〕黄惺庵

　　扬州好，高跨五亭桥。面面清波涵月影，头头空洞过云桡[1]。夜听玉人[2]箫。

注释

[1] 云桡：指游玩的船只。

[2] 玉人：这里指歌妓或吹箫人。

◎五亭桥

五亭桥，位于江苏省扬州市瘦西湖畔，又称"莲花桥"。关于"莲花桥"名称的由来说法不同，一说，桥亭形制类似出水莲花，故名；二说，五亭桥建造的地方名为"莲花埂"，桥随地名。

清乾隆二十二年（1757），巡盐御史高恒为迎奉清高宗至扬州，开莲花埂新河直抵平山堂，五亭桥始建。其形制仿造北京北海五龙亭、北海大桥，整体由桥亭和桥基组成。清咸丰五年（1855），亭毁于大火。直至民国二十二年（1933），耗资九千七百余金，方才修复，修建后的五亭金碧丹青、华丽夺目。此后虽屡经修缮，但亭的形制基本未变，保存了最原始的状态。

五亭桥将亭和桥合为一体，建筑风格兼顾南北特色，既有南方建筑之秀，又有北方建筑之雄，庄重、大气，被我国著名桥梁专家茅以升评为"中国最秀气最具艺术代表性的桥梁"。

桥上建有五座亭，一亭居中，其余四座如同众星拱月般环绕在中亭四周，亭与亭之间有走廊，贯穿其中，红漆满柱，彩绘绕梁，整个建筑造型对称、精美。中亭宝顶上铺有嫩黄色玻璃瓦，檐角翘起，呈飞翼状，其上还挂有风铃，微风吹来，清脆悦耳。周围四亭为单檐，亦为四角飞翼，极具动态之美。桥基由12条大青石构成的大小石墩构建，总长55.3米，高约8米。主轴上的桥墩体积最大，其余略小。中心桥孔跨度最大，拱券跨度约7.13米，呈半圆形。桥基三面共有12个桥孔，呈小半圆，桥阶洞则呈扇形，桥洞正侧共计15个桥阶洞。桥孔彼此相连，由外望去，有移步换景之妙。月明星稀时，远望桥

素描——五亭桥

扬州好，高跨五亭桥。面面清波涵月影，
头头空洞过云桡。夜听玉人箫。

——〔清〕黄惺庵

◎五亭桥	洞每洞均衔一月，清水涟漪，更具清幽意境，让人神往。唐代诗人徐凝在其诗作《忆扬州》中就曾赞美："天下三分明月夜，二分无赖是扬州。" 　　亭子两端则为宽阔的石阶。行人往来其中，可凭栏远眺，纳凉小憩的同时也可穿行东西，方便快捷。朱江《扬州园林品赏录》记载："平远眺望，波阔不兴，有庄如凫于水；极目而东，'梅岭春深'缥缈水际，如同蓬壶仙境；极目而西，'春台明月'飞甍丹槛，上出云表；极目而南，白塔耸峙，高入云际；极目而北，'水云胜概'占断层林。全湖佳胜，尽览无遗。"

六月二十四日荷花荡泛舟二首·其一

〔清〕舒位

吴门桥外荡轻舻^[1]，流管清丝泛玉凫^[2]。
应是花神^[3]避生日，万人如海一花无。

注释

[1] 轻舻：轻舟。
[2] 玉凫：凫形的精美船只。凫，野鸭。
[3] 花神：司花之神，这里指荷花。

◎吴门桥

吴门桥，位于江苏省苏州古城西南的盘门外，北连盘门大街，南接盘门横街，飞跨古运河，气势宏伟，为出入苏州盘门的必经通道，与古城盘门、古瑞光寺塔共同组成苏州城西"盘门三景"。

吴门桥始建于北宋元丰七年（1084），相传为石氏出资建造。吴门桥初称"新桥"，后因桥身由北段两座相接的木构大桥和南段一座石构小桥组成，故又称为"三条桥"，后遭损坏。南宋绍定年间，三条桥改建为三孔石拱桥。因桥梁地理位置特殊，是进入吴门的第一桥，故又改称"吴门桥"。明正统年间，苏州知府况钟重修吴门桥，后又毁坏。现存吴门桥为清同治十一年（1872）重修之物，由江苏省水利工程总局组织。重建后的吴门桥改为现存的单孔石桥，桥额阴刻楷书"吴门桥"，南面明柱刻"苏省水利工程总局重建"，北面刻"同治十一年壬申夏四月"。

吴门桥为苏州留存的最高的石桥，为连锁式单孔石拱桥，桥身由金山花岗石与少量宋代旧桥所遗留的武康石砌筑而成。桥全长66.3米，中宽4.8米，净跨16米，拱券高9.85米。另有拱券石10排，长系石11根，纵联分节，并列砌筑。拱券石之间为了增加桥体牢度，避免迁移错位，采用腰铁拼接。桥面的条石桥栏被凿成凹凸状，如靠背椅子。古代造桥技术可谓成熟、高超。北端金刚墙左右两翼均砌有纤道，宽约0.6米，极大地方便了纤夫穿越桥洞。南北两坡，各铺设整块条石踏步50级，但繁多的踏步在一定程度上增加了来往行人的负担，此为桥体设计上欠缺考虑的一点。

◎吴门桥	吴门桥高大雄伟，空间上丰富、有致，桥身、桥洞、来往的舟楫帆影，伴有缓缓游动的水流，整个画面和谐、有张力，是将建筑与环境融为一体的佳作。

宝带桥二首·其一

〔明〕夏完淳

宝带桥边泊，狂歌问酒家。
吴江^[1]天入水，震泽^[2]晚生霞。
细^[3]缆迎风急，轻^[4]帆带雨斜。
苍茫不可接，何处拂灵槎?

注释

[1] 吴江：指吴淞江。
[2] 震泽：太湖古称。
[3] 细：一作"绮"。
[4] 轻：一作"春"。

宝带桥二首·其二

〔明〕夏完淳

连天芳草青，极浦独扬舲[1]。
归雁舟前落，愁人梦里听。
花光明晓雾，波影乱春星。
欲访灵威穴[2]，孤帆入洞庭。

注释

[1] 舲：有窗户的小船。
[2] 灵威穴：西山林屋洞，为灵威丈人入洞得大禹素书处。灵威，灵敏且威武，指善于探幽发秘。

◎宝带桥

　　宝带桥，又称"长桥"，为中国古代多孔薄墩联拱石桥，是"中国十大名桥"之一，位于江苏省苏州市东南葑门外3千米处，横卧在大运河和澹台湖之间的玳玳河上，与古运河平行，是苏州与杭州、嘉兴、湖州陆路来往通行的关键要道。

　　唐元和十一年至十四年（816–819），刺史王仲舒捐宝带以资助建桥，解决了建桥资金紧张的难题，保证了漕运的顺利畅通，人们为了纪念他的壮举，故将桥命名为"宝带桥"。宋代桥梁遭遇毁坏。明正统十一年（1446），重修新建此桥，桥建成之时"长千三百二十尺，洞其下凡五十有三，而高其中之三，以通巨舰"，这些都说明当时的宝带桥已初具今日之规模了。后桥毁于战火，毁坏严重。

　　宝带桥屡建屡毁，现存桥为清同治十一年（1872）重建。中华人民共和国成立后，政府根据明代桥梁的规模与形制，重新修葺了宝带桥，桥梁才得以恢复原貌。

　　全桥整体呈南北走向，总长317米，宽4.1米，桥下共有53孔，多孔连缀，桥身窄长如带。各孔拱形均似半圆形，孔高与孔径之比（即矢高比）接近1/2，属于陡拱。主孔矢高3.5米，净跨7.1米，次孔矢高3米，净跨5.8米，缀孔矢高1.85米，净跨3.8米。为解决桥基软的问题，筑桥匠人还采用柔性墩与刚性墩结合的办法，桥的拱券用石块拼接，带有榫头、卯眼。多铰拱的建筑结构更加严谨，桥体也更加稳定。全桥兼具实用性与审美性，整个桥体远观如同一条平坦的丝带，线条流畅，造型典雅。桥面平坦宽阔，桥下各孔相连，均可通航，既方便行人

◎宝带桥	通行、船家行船，又便于疏通洪水，保障人民安全。 　　桥的两堍呈喇叭形，接筑石堤，北堍长 23.2 米，南堍长 43.08 米，桥两端各宽 6.1 米，并各有青石狮一对，现仅剩北端一只。桥北堍有石碑亭和石塔各一座。石碑亭为清同治十一年（1872）重建，为方形敞开亭，单檐歇山式，石质仿木结构；石塔塔高 4 米，造型挺秀，五级八面，上雕海浪、云纹，每组各面还雕有佛龛，内刻精美、小巧的佛像。顶层雕有砚莲、宝顶等。 　　宝带桥结构精巧，作用突出，具有较高的历史、科学价值，元代僧人善住曾写诗云："借得他山石，还将石作梁。直从堤上去，横跨水中央。白鹭下秋色，苍龙浮夕阳。涛声当夜起，并入榜歌长。"

葑门口号 [1] 三首·其一

〔清〕钱载

灭渡桥回柳映塘，南风吹郭不胜香 [2]。
湖田半种紫芒稻 [3]，麦笠时遮青苎娘 [4]。

注释

[1] 口号：随口吟诗。
[2] 不胜香：香极。
[3] 紫芒稻：紫穗的稻子。
[4] 青苎娘：穿青衣苎麻衣物的女子。

◎灭渡桥

灭渡桥，位于江苏省苏州城东南隅赤门湾，横跨京杭古运河。

古时赤门湾为渡口，处于苏州东南两条外城河道的交汇处，地理位置特殊。从赤门湾到葑门必靠船渡，因此行人、船只往来频繁。然而如此水陆要津，虽设有渡船，却不便民。舟子敲诈勒索、杀人越货，过往行人不堪其扰，急需一个解决办法救人于水深火热之中。灭渡桥便在这种背景下建筑起来了。

元大德二年（1298），昆山僧人敬修倡议募款造桥，历时一年多，于元大德四年（1300）竣工。桥建成后，便取消了船渡，故名"灭渡桥"。又因吴语中"灭"与"觅"同音，故桥又名"觅渡桥"。有文记载："苏郡葑门外，有灭渡桥。相传水势甚急，工屡不就，有人献策：度地于田中筑基，建之既成，下浚为河，导水躧桥下行，而后塞其故流。人遂通行，故曰'灭渡'。此桥巨丽持久，俗云鲁班现身也。"

灭渡桥自建成后历尽沧桑，屡圮屡建，明正统年间，苏州知府况钟主持重修灭渡桥；清同治年间，再次重修；1982年，灭渡桥被纳入苏州市文物保护单位，2002年，又被纳入省文物保护单位。

灭渡桥为薄型单孔半圆石拱桥，桥身采用武康紫石、花岗石、青石混合砌筑，整体呈东西走向。桥长85米，高11米，桥面宽5.3米，跨度约20米。拱券采用分节并列砌筑法，拱券甚薄，厚度仅30厘米，在一定程度上可以起到限制石拱变形、增加主拱券强度的作用。为满足桥下船只体型大、过往频繁的特点，该桥放弃了多孔

◎灭渡桥	设计，而采取单孔设计，同时增大跨度来增加桥体的稳固性；拱顶与面石之间，不另外增加填层，桥东西两端稍微拓宽，呈喇叭状。整体造型既秀丽典雅又雄伟壮观。

吴江垂虹桥

〔元〕乔吉

飞来千丈玉蜈蚣，横驾三天白蝃蛛[1]，凿开万窍黄云洞[2]。
看星低落镜中，月华明秋影玲珑。
赑屃[3]金环重，狻猊[4]石柱雄，铁锁囚龙。

注释

[1] 三天：天空。蝃蛛（dì dōng）：虹。
[2] 黄云洞：指桥洞。
[3] 赑屃（bì xì）：中国古代传说中的神兽，又名龟趺、龙龟。这里指桥下的龟形石座。
[4] 狻猊（suān ní）：狮子。中国古代神话传说中龙生九子，狻猊是其中之一。这里指石柱上的雕刻。

过垂虹

〔宋〕姜夔

自作新词^[1]韵最娇，小红^[2]低唱我吹箫。
曲终过尽松陵路，回首烟波十四桥。

注释

[1] 自作新词：指《暗香》《疏影》二词。
[2] 小红：范成大家中名妓。

◎垂虹桥

垂虹桥，又称"长桥"，位于苏州市吴江区松陵镇东门外，处于苏州至浙江嘉兴、杭州、湖州的交通要道上，地理位置特殊。

北宋时期，吴江县城被吴淞江所阻断，江水险急，百姓居其东、西两地，往返均靠船只摆渡，出行十分不便，以桥代舟的需求日益强烈。为解决百姓出行问题，北宋庆历八年（1048），吴江知县李问和县尉王庭坚始建石墩木梁桥，桥全长130丈，共有桥孔64孔，取名"利往桥"。因桥"三起三伏、环如半月、长若垂虹"，且桥中心建有小亭，桥之两坡也分别建有"汇泽""底定"两座凉亭，故桥又名"垂虹桥"。垂虹桥周围景色壮丽秀美，宋代诗人刘学箕《松江哨遍》记载："长桥，天下绝景也。松江太湖，举目千里，风涛不作，水面砥平。归帆征棹，相望于黄芦烟草之际。去来乎桥之左右者，若非人世，极画工之巧所莫能形容。每来维舟，未尝即去，徜徉延伫，意尽然后行。至欲作数语以状风景胜概，辞不意逮，笔随句阁，良可慨叹。"

垂虹桥夜色更是给人浪漫、细腻之感，元代作家徐再思在其《中吕·普天乐·垂虹夜月》中记载："玉华寒，冰壶冻。云间玉兔，水面苍龙。酒一樽，琴三弄，唤起凌波仙人梦，倚阑干满面天风。楼台远近，乾坤表里，江汉西东。"

南宋德祐元年（1275），垂虹桥因兵燹之灾而重建，重建后的桥孔有85孔。元大德八年（1304），桥孔增至99孔。后又损毁数丈。元泰定二年（1325），知县张显祖重建垂虹桥，改木桥为石桥。改建后的垂虹桥为连拱

◎垂虹桥	石桥，全桥用白石建造，总长 500 余米，共 72 孔。明永乐二年（1404），桥改砌砖面，并增加层栏。至民国四年（1915），垂虹桥损毁严重，桥堍两亭、石狮、桥面栏板均已荡然无存，全桥仅存 44 孔。1967 年，垂虹桥因年久失修、桥基不稳而倒塌，仅东、西两端尚存几孔。 　　但令人欣喜的是，2005 年，垂虹桥重新进行了修缮，周围环境也重新得到整治、管理，并建有垂虹景区，算是极大地保护了垂虹桥遗址。

二月望与次明道复泛舟出江村桥抵上沙遵陆邂逅钱孔周朱尧民登天平饮白云亭次第得诗四首·其一

〔明〕文徵明

不教尘负踏青游，出郭聊为一笑谋。

新水已堪浮艇子，好山无赖上眉头。

风撩鬓影春衫薄，树罨溪阴翠幄稠。

一坞桃花偏入意，江村桥畔小淹[1]留。

注释

[1] 淹：一作"连"。

◎江村桥	江村桥，位于苏州寒山寺风景区内，与枫桥相望，相传始建于唐代，后毁坏严重，清康熙四十五年（1706），当地人程文焕筹集资金为重建江村桥做好准备。同治六年（1867）江村桥得到重修。1984 年，苏州市政府为保护建筑、传承传统文化，拨款整修江村桥，并立有《重修江村桥记》碑。 　　江村桥的建造背后还有一段颇具传奇色彩的民间故事。相传，寒山寺建成，寒山、拾得两位高僧互相谦让，谁都不愿担任寺院的住持，正当两人犹豫不决的时候，旁边走来一位老妇人，说道："二位高僧不必谦让，就让老妇人给你们定个主意吧！"话音刚落，就见那位老妇人将手指向庙西的那条河流，再次说道："二位高僧，这条河上没有桥梁，来往行人十分不便。请二位高僧施展法力，给这条河建筑一座桥来，谁先成功变出桥来，谁就是寺院的住持，这样岂不是两全其美？"两位高僧一番谦让之后，由拾得率先施法，只见拾得将僧袍脱下，向空中一挥，僧袍瞬间就变作了一个桥面。但是由于没有桥架作为支撑，桥面在风中摇摇欲坠。寒山见状，急忙将禅杖往河中一立，顿时就变成一棵大树，横倒一铺就变成了著名的江村桥。而那位指点迷津的老妇人也转眼间现了原身，竟是观音菩萨。寒山寺的住持就这样确定下来，横江两岸的江村桥也就这样流传了下去。 　　江村桥横跨古京杭运河南北走向段，为单孔石拱桥，呈东西走向，桥长 30 米，桥面中宽 4.30 米，矢高 4.85 米，桥净跨 10.80 米。全桥由花岗石间以少量青石砌造而成，拱券为纵联并列式结构，由 11 道拱券石砌置。桥拱券外

◎江村桥	形呈马蹄形，弧形线条流畅，造型优美，桥洞跨度超过了枫桥，拱券又高又大，具有方便行舟、便于疏导泄洪的重要功能。桥东、西两堍分设条石踏步，东、西坡各有台阶25级与33级，利于来往行人通行。东堍处还有南北侧引桥。桥栏用城砖堆砌，墙上压抹角条石，桥顶上镌刻有"重建江村桥"字样的铭文。望柱与桥栏上还凿刻有"同治六年六月重修""仁济堂安仁局董事经办"等字样。 　　伫立在寒山寺前的江村桥，以往被误认为是唐代著名诗人张继《枫桥夜泊》中的"枫桥"，现经考证，其极有可能是合并简称所引起的误会，而那句广为流传的"江枫渔火对愁眠"中的"江枫渔火"也极有可能是江村桥和枫桥附近的渔火了。但不管是哪种说法，诗人笔下的江村桥都是那么的静谧、美好，至今仍吸引着无数的游人前来观赏，这也许就是诗歌的魅力、文字的魅力。

洛阳桥观水

〔宋〕朱正中

点点风帆底处还，似无似有海门山。
白鸥却怕潮头恶，闲卧汀 [1] 花野草间。

注释

[1] 汀：水边平地或河流中的小沙洲。

◎洛阳桥

洛阳桥，又名"万安桥"，位于福建省泉州市东部的洛阳江上。洛阳桥地理位置优越，北通江浙，南达漳广，是东南沿海的通衢之地。

洛阳桥建成之前，百姓交通全靠设舟摆渡，出行十分不便，洛阳江水宽阔、流急，"每风潮交作，数日不可渡"，且常有覆船之事发生，因此当地百姓深受其害，他们迫切希望能造一座桥，解决出行问题。

北宋皇祐五年（1053）至嘉祐四年（1059），泉州太守蔡襄主持造桥工程，解决造桥耗资巨大、石墩基址难稳定及桥梁板架设难等问题，针对造桥耗资巨大的问题，蔡襄采用民间众筹的办法，边筹款边建造，甚至"捐一百六十石助役"，相传整个建造工程共筹得一千四百万两银子，筹集资金的辛苦自然不言而喻。针对石墩基址难稳定的问题，蔡襄创新采用"以蛎固础"的方法，在石堤附近的基石上养殖牡蛎，借助牡蛎相互胶着的特性，使得桥基或桥墩的石块连成整体，以此解决铸铁器件易生锈、毁坏的问题，大大地提高了桥基的稳定性。针对桥梁板架设难的问题，蔡襄在集思广益的情况下，创新地采用了"浮运法"，因地制宜开采沿江巨岩，借助巨岩凿成的巨型桥板，增强了桥体的受力度。在蔡襄等人的协作努力下，跨海梁式大桥"洛阳桥"终告完成，这座被称为"洛阳天堑"的洛阳桥对促进东南沿海交通运输的发展更是起到莫大的作用。

洛阳桥建造完成后，先后修复了十七次，其中，宋绍兴八年（1138），洛阳桥因飓风损毁，由赵思诚修复；明宣德年间，潮水淹没桥梁，由李俊育修复；清雍正八年

◎洛阳桥	（1730），桥梁崩塌，由工之琦修复；1993-1996年，国家专项拨款，实施了洛阳桥的保护修复工程。 　　现洛阳桥长731.29米，宽4.5米，高7.3米。桥墩采用双尖墩，造型独特，形如船尖，便于应对水浪的击打，桥墩最上排的交接处，还有凹形的榫，上置生铁以联结排石。桥面平坦宽阔，由大型条石铺建而成。洛阳桥附近林立着历代的碑石，其中由蔡襄起笔书写的碑文，书法遒劲，笔迹端重沉着，气势磅礴，明代王世贞曾说："万安桥天下第一桥，君谟此书雄伟遒丽，当与桥争胜。" 　　被人们交口称赞的蔡襄"三绝"除建桥方法绝、碑文书法艺术绝之外，还有《万安桥记》绝。全文共计153字，但却言简意赅地记述了建桥的时间、意义、资金来源、主要职员及郡民同乐的场景，可谓字字珠玑，简洁明了。

折桂令·卢沟晓月

〔元〕鲜于必仁

　　出都门鞭影摇红[1]，山色空蒙，林景玲珑。桥俯危波，车通远塞，栏倚长空。起宿霭[2]千寻卧龙，掣流云万丈垂虹。路杳疏钟，似蚁行人，如步蟾宫[3]。

注释

[1] 鞭影摇红：鞭子上系着的红缨挥动时划出的红影。
[2] 宿霭：隔夜的云雾。
[3] 蟾宫：月宫。

◎卢沟桥

卢沟桥，又称"芦沟桥"，位于北京市丰台区。公元1153年，金迁都燕京（蓟城），定名为中都。卢沟渡口地理位置优越，南北交通频繁，逐渐起到贸易往来、信息传播的重要作用。金大定二十八年（1188），金世宗完颜雍决定修建卢沟桥，但还没动工便去世了。金章宗完颜璟继位后接着完颜雍继续动工，并于第二年完成建工。

卢沟桥的得名与永定河息息相关。永定河，古称"灅水"，隋代称"桑干河"，金代称"卢沟"。因此桥跨越卢沟河而得名。而使卢沟桥闻名的则是"卢沟晓月"的诗情画意。据说，金章宗在卢沟桥建成后，曾驻足远眺，并亲自写下"卢沟晓月"四个字。卢沟桥上观晓月确实意境高渺，趣味甚雅。如今，卢沟桥桥东碑亭内还立着汉白玉石碑，上面还刻着乾隆皇帝御书的此四字。

明代永乐十年（1412）至嘉靖三十四年（1555），卢沟桥先后修缮了6次，清代又重建了7次，卢沟桥的原貌已无从考究，现存的卢沟桥全长266.5米，桥面宽9.3米，有10座桥墩，11个桥孔。桥墩呈船形，迎水面砌成楔形的分水尖，尖上还安装着用来迎击流水，保护桥墩的三角铁柱，也就是俗称的"斩龙剑"。桥面是石板路，两侧则是石雕护栏，各隔着140根望柱，每根柱子上各立着大小不等、姿态各异的石狮子，《帝京景物略》载："石栏列柱头，狮母乳，顾抱负赘，态色相得，数之辄不尽。俗曰：'鲁公输班神勒也。'"至于石狮子的具体数量，则没有确定的统计数目，但可从《旧都文物略》"雕石为阑，阑上石狮抱负，不可胜计"中窥探一二。每个狮子上身

◎卢沟桥	都直立挺拔，毛发卷曲，显得温顺乖巧，眼睛大而突出，呈圆形，平视前方，嘴巴多镂空，线条夸张又不失婉约，背部、颈部雕饰常用浮雕，注重对称，脚底还有形状多样的绣球，整个狮身体积饱满，后腿都呈蜷缩蹲状，腿部骨骼筋络清晰可见，彰显力量与精神。 　　桥头东西两侧各有华表、御碑亭、碑刻等，最惹人注目的要数巍然挺立的华表，它远观酷似天安门华表形制，高约4.65米，上端直指青天，柱子顶端有圆盘式的莲花底座，上雄踞一只石狮子，下端则为石质须弥座，整个华表庄严肃穆，静守着北京的安静祥和。中国抗日军队在卢沟桥打响了全面抗战的第一枪，因此卢沟桥更被赋予中华民族坚强不屈、艰苦奋斗精神的意义，受到人民的尊崇与保护。

第六章 关隘

· GUAN AI

榆关 [1] 夜行至抚宁

〔清〕和瑛

榆河一带白如霜，旅客临宵更践行。
贪看海潮归路晚，不知翻越几重冈。

注释

[1] 榆关：指山海关。

送郭梦白自请至榆关

〔明〕张慎言

几年烽火彻甘泉，慷慨谁为勒燕然。
台作金高从隗[1]始，门开玉峡在超先。
度关舞待鸡声晓，磨楯花流墨气新。
闻道胡儿争问觋[2]，有人单骑请筹边[3]。

注释

[1] 隗：高峻的样子。
[2] 觋：指男巫。《说文解字》记载："能斋肃事神明也。在男曰觋，在女曰巫。从巫，从见。"
[3] 筹边：指筹划边境的事务。

◎山海关

山海关，又称"榆关""临闾关"，位于今河北省秦皇岛市区，是华北地区和东北地区极为重要的交通关隘和军事要塞，有"京都锁钥""天下第一关"之称。

山海关建于明洪武十四年（1381），中山王徐达奉命修建永平、界岭等关，因其北依燕山山脉，南临渤海海湾，南北相距8千米，绵延不断，有"一夫当关，万夫莫开"之险，故得名"山海关"。明《山海关志》记载："畿内之险，惟潼关与山海关为首称。"

整个山海关城池与长城相连，以城为关，配有相关防御工程，其防御体系完整、庞大，包括10座关隘、16座墩台、18座烽火台、30座敌楼、62座城台。山海关城池周长约4千米，城高14米，厚7米，城墙外部用青砖包砌，内填夯土。全部关城共有4座主要城门，以箭楼为主体，辅以靖边楼、牧营楼、威远堂、临闾楼、瓮城、东罗城、长城博物馆等建筑，其中作为"天下第一关"的关楼——东门镇远楼，城门高约13米，为两层箭楼带飞檐，上覆灰瓦单檐歇山顶，共有68个箭孔。楼西面上层檐下悬挂有"天下第一关"的匾额，字为楷书，系明成化八年（1472），由萧显进士书写，笔力雄健，气势巍峨。其余，西城门名为"迎恩门"，南城门名为"望洋门"，北城门名为"威远门"，但可惜的是，这三座城门今已不复存在。

另外，城楼外的瓮城周长317米，登楼远眺下四周景象一览无余，方便注视城外动态，对抵御外敌入侵、保护关城起到重要作用。

如今的山海关景区包括六个景点：天下第一关景区、

素描—山海关

几年烽火彻甘泉,慷慨谁为勒燕然。
台作金高从隗始,门开玉峡在超先。

——〔明〕张慎言

◎山海关	老龙头景区、角山景区、长寿山景区、燕塞湖景区、孟姜女景区。其中，最为大众所熟知的孟姜女景区，位于山海关东面。凤凰山上矗立的孟姜女庙建于明代万历年间，由贞女祠和孟姜女苑组成，内有钟亭、望夫石、孟姜女雕像、长阶等建筑。相传，秦始皇修建长城以抵御外敌侵犯，建筑巨大，耗费人力、物力、财力不计其数。其中，孟姜女的丈夫范喜良被抓去修筑长城，孟姜女与丈夫也就这样被迫分隔两地。冬天到了，雪花纷飞，四周萧肃、冷清，孟姜女缝制寒衣后便开始跨越千山万水为丈夫送去，但是不料抵达时，却收到丈夫已经去世，埋在长城底下的消息，孟姜女听后悲痛欲绝，连哭了几天几夜，后来一声巨响，长达400米的城墙竟然坍塌了。后人为了纪念孟姜女，便在此修建了孟姜女庙；辰州傩戏《孟姜女》也是取材于孟姜女哭长城的故事。

夔州歌十绝句·其一

〔唐〕杜甫

中巴之东 [1] 巴东山，江水开辟流其间。
白帝高为三峡镇 [2]，夔州险过百牢关 [3]。

注释

[1] 中巴之东：这里指夔州。夔州在唐时属于巴东郡，地处中巴之东。
[2] 白帝：指白帝城。镇：险要的地方。
[3] 百牢关：指绵延三十千米的入蜀要道。

百牢关

〔唐〕元稹

天上无穷路，生期七十间[1]。
那堪[2]九年内，五度百牢关。

注释

[1] "生期"句：古代有"人生七十古来稀"一句，人们认为人到七十岁
已经到了极限了。
[2] 那堪：怎能忍受。

◎百牢关

百牢关，又称"白马关"，是隋唐时期从长安至四川、湖北的重要关隘之一。

隋代设置百牢关，位于今陕西省勉县西南，初定名为"白马"，后因黎阳已设有白马关，故改名"百牢关"。

唐开元以后，百牢关移至三泉县以西，位于今陕西省宁强县西北阳平关镇的擂鼓台村。《方舆胜览·利州东路·大安军》记载："百牢关，在（三泉）县西。汉于此置关。"《大元大一统志》又载：百牢关，"今三泉旧县西古关是"。除去古籍记载，中唐许多文人墨客都曾记录过百牢关。例如，元稹《夜深行》："夜深犹自绕江行，震地江声似鼓声。渐见戍楼疑近驿，百牢关吏火前迎。"于邺《过百牢关贻舟中者》："蜀国少平地，方思京洛间。远为千里客，来度百牢关。帆影清江水，铃声碧草山。不因名与利，尔我各应闲。"

宋代时期，百牢关已没有稽查行旅的职责，亦没有相应的履行职责的官吏，相应的建筑遗迹也难以寻觅。

因为百牢关位置变动频繁但名称仍在，因此，后世关于它的记录错讹的可能性较大，记载信息亦真假难辨。唐代诗人元稹曾在其《弹奏剑南东川节度使状》中记载自己奉命押解任敬仲赃犯的事情，其中说道："臣昨奉三月一日敕，令往剑南东川，详覆泸州监官任敬仲赃犯，于彼访闻严砺在任日，擅没前件庄宅、奴婢等，至今月十七日详覆事毕。"其另有作诗《百牢关》记载："嘉陵江上万重山，何事临江一破颜。自笑只缘任敬仲，等闲身度百牢关。"其中记载自己"等闲"度关，却只因奉命推吏任敬仲的缘故，诗人不由得破颜一笑，聊以自解。

潼关

谭嗣同

终古[1]高云簇此城，秋风吹散马蹄声。
河流大野犹嫌束，山入潼关不解平[2]。

注释

[1] 终古：永久。
[2] "山入"句：比喻人生路途艰难、险恶。

山坡羊·潼关怀古

〔元〕张养浩

峰峦如聚[1]，波涛如怒，山河表里[2]潼关路。望西都[3]，意踌躇。伤心秦汉经行处，宫阙万间都做了土。兴，百姓苦；亡，百姓苦！

注释

[1] 峰峦如聚：指潼关山峦众多。
[2] 山河表里：指潼关地势险峻。
[3] 西都：指长安。

◎潼关

潼关，因古时守望崤函古道中的广袤桃林，又被称为"桃林塞"，位于陕西省渭南市潼关县北，南依秦岭，北临黄河，东环群山，西靠华山，据天然险峻，形成天然防线，雄踞晋、豫、陕三省要冲，自古是兵家必争之地，李因笃《潼关》诗云："云薄关河紫气长，帝枢曾此撼严疆。河经百二开天地，华枕西南销雍梁。"

潼关因水得名，北魏郦道元《水经注》记载："（黄）河在关内，南流潼激关山（华山），因谓之潼关。"潼关特殊的地理位置，也造就了极具特色的自然景观，其胜景主要有：雄关虎踞、禁沟龙湫、秦岭云屏、中条雪案、风陵晓渡、黄河春涨、谯楼晚照、道观神钟。

东汉建安元年（196），曹操为抵御关西暴乱，始建作为军事要隘的潼关，同时废止函谷关隘；至唐代以来，潼关几经迁址，配套设施也多次变化；宋、明时期，潼关经过多次修缮，保存较为完整；后经战火影响，潼关损毁严重，虽在中华人民共和国成立后得到精心修复，但最终因建造三门峡水库而遭拆除，位居中华十大名关第二位的潼关就这样结束了它的使命，只留下关于它的故事被人们津津乐道。

潼关县城东约3千米的地方，有一条北起禁沟与潼河交汇，南至秦岭蒿岔峪口，南北长约15千米的禁沟。沟底因山水冲刷而形成了宽30米的斜坡道。不同于周围的险峻地势，坡道平坦开阔的特点，为其作为通往潼关侧后的重要军事要道打下了坚实的基础。自唐至明清，出于守卫潼关安全的目的，各朝沿禁沟两岸夯筑周长5千米、高16米的方形土台达12座，作为防御性军事堡垒，

◎潼关	土台发挥着重要作用。这些专门为守卫禁沟而建立的土台，"由南郊（即潼关古城南郊）以抵山麓，计三十里，而十二连城乃三里一城也"，因此被人们称为"十二连城"。

出嘉峪关感赋四首·其一

〔清〕林则徐

严关百尺界 [1] 天西，万里征人 [2] 驻马蹄。

飞阁遥连秦树直，缭垣 [3] 斜压陇云低。

天山巉削 [4] 摩肩立，瀚海 [5] 苍茫入望迷。

谁道崤函 [6] 千古险？回看只见一丸泥。

注释

[1] 严关：险要的关隘，指嘉峪关。界：名词活用作动词，划开界限。

[2] 万里征人：作者自称。

[3] 缭垣：指蜿蜒盘旋的长城。

[4] 巉削：高峻陡峭的样子。

[5] 瀚海：指西北地区的戈壁、沙漠。

[6] 崤函：指函谷关。

◎嘉峪关

嘉峪关，位于今甘肃省嘉峪关市嘉峪山麓，是河西通往新疆重要的关隘，也是古代"丝绸之路"的往来要地，东达肃州（酒泉），西达瓜州、敦煌、西域，控扼东西交通，有"天下第一雄关""河西重镇"之称。

明初，宋国公、征虏大将军冯胜班师回朝，在凯旋的路途中，选址于河西走廊中部建关。因其地处嘉峪山西麓，东连酒泉，西接玉门，背靠黑山，南临祁连山，具有重要的军事价值，故名为"嘉峪关"。清代《秦边纪略》记载："初有水而后置关，有关而后建楼，有楼而后筑长城，长城筑而后可守也。"

嘉峪关关城始建于明洪武五年（1372），为抵御西窜的元朝残部而修建，共历时168年，是明代长城最西端的关城，有长城终点之称。嘉峪关城内有城，城外有壕，多重防守，易守难攻。现存关城总面积约为33500平方米，周长733米，高约12米，由内城、瓮城、罗城、外城、城壕等组成。其中，内城周长640米，面积2.5万平方米，墙高10.7米，由黄土夯筑而成，西宽东窄，呈梯形。

另外，嘉峪关设有东、西两门，东门名为光化门，取旭日东升，阳光普照之意；西门名为柔远门，取明王朝对边陲采用"怀柔"政策以保国泰民安之意。城墙上还建有箭楼、角楼、敌楼、阁楼、闸门楼，共计14座。出关西行百余米，可见一碑刻，上书"天下雄关"，由肃镇总兵李延臣于清嘉庆十四年（1809）书，笔触刚健有力。碑石坐北向南，碑为青石质，通高3.1米，宽0.85米。罗城位于西瓮城西墙外，全长287米，砌有垛口133个，城上建有关楼一座，南北两端建有箭楼各一座。外城全

◎嘉峪关	长 1263 米，残垣高 3.8 米，基厚 2.3 米，现仅存关帝庙、文昌阁、戏台三座建筑。外城的西边则与罗城的两座箭楼相连接。 　　相传，修建关城时，工匠们精心设计建筑方案，计算用料数量，不敢有任何一点松懈，但验工那天却发生了意外，竣工的关城竟多出来一块砖。这在当时可是要被监工按律当斩的，因此工匠们都不知所措，焦急万分。正在大家焦头烂额的当口，工头易开占让小工把多余的一块砖放了西瓮城门楼后檐台上，并以定城砖不可轻易移动的理由巧妙地躲过了监工的盘问，力挽狂澜，保住了工匠们的性命。这块青砖也因此一直放置于西瓮城门楼后檐台上，成为游人参观的一景。

凉州词

〔唐〕王之涣

黄河远上 [1] 白云间，一片孤城万仞 [2] 山。
羌笛何须怨杨柳 [3]，春风不度 [4] 玉门关。

注释

[1] 黄河远上：一作"黄河直上"。
[2] 仞：长度单位，古代的八尺为一仞。
[3] 杨柳：指乐府《折杨柳》的曲调，哀怨愁苦。
[4] 度：经过。

关山月 [1]

〔唐〕李白

明月出天山，苍茫云海间。
长风几万里，吹度玉门关。
汉下 [2] 白登道，胡窥青海湾。
由来 [3] 征战地，不见有人还。
戍客 [4] 望边色，思归多苦颜。
高楼 [5] 当此夜，叹息未应闲。

注释

[1] 关山月：乐府《横吹曲》调名。
[2] 下：出兵。
[3] 由来：从来。
[4] 戍客：指驻守边疆的战士。
[5] 高楼：古诗多以高楼指闺阁，这里指高楼中的思妇。

◎玉门关

玉门关，俗称"小方盘城"，为方城之意。玉门关位于今甘肃省敦煌市西北，始设于汉武帝开通西域道路、设置河西四郡时期，约公元前116—前105年，汉武帝为隔绝羌胡入侵，派人修筑酒泉至玉门间的长城，玉门关随后设立，起到确保丝绸之路安全与畅通的作用。相传因西域输入和田玉石时取道于此，故命名为"玉门关"。

据考证，玉门关关址自西汉以来，时有变迁。最初的关址位于今嘉峪关附近的石关峡内，后又移至敦煌以西，现遗址位于小方盘城，仅存面积600平方米，城墙东西长24.5米，南北宽26.4米，残垣高9.7米，呈方形，均为黄土夯筑而成。城顶四周有走道，宽约1.3米。

玉门关以西党谷隧一带的汉长城是我国目前为止汉代长城保存最好的一段，汉长城东西延伸，构成玉门关的外围，其间还有用以传递军情的积薪垛15堆，高大且坚固。著名的雅丹魔鬼城也位于玉门关的西边，拔地而起的雅丹地貌绵延长达15千米，造型独特，体积庞大，极具震撼力。

玉门关和阳关地理位置特殊，中原与西域分界由此开始，因此出了玉门关便给人一种远离家乡，漂泊异域的孤零之感。在远征塞外的战士及内心饱含郁情的文人墨客心中，玉门关逐渐化成家乡、故国的缩影，用它来表达自己思乡、报国的感情。如卢照邻《关山月》："塞垣通碣石，虏障抵祁连。相思在万里，明月正孤悬。影移金岫北，光断玉门前。寄言闺中妇，时看鸿雁天。"胡曾《咏史诗·玉门关》："西戎不敢过天山，定远功成白马闲。半夜帐中停烛坐，唯思生入玉门关。"

渭城曲

〔唐〕王维

渭城朝雨浥^[1]轻尘，客舍青青柳色新。
劝君更尽一杯酒，西出阳关^[2]无故人。

注释

[1] 浥：湿润。
[2] 阳关：古关隘名。

◎阳关

阳关，又称"南关"，位于甘肃省敦煌市西南70千米处，处在敦煌、玉门关三角地带，可西往鄯善、莎车，为汉唐丝绸之路南道上必经的门户，同时也为汉王朝抵御匈奴进攻的重要关隘。"阳"为朝南之意，因关隘居玉门关之南，故称"阳关"。

阳关始建于汉武帝元鼎三年（前114），当时，汉武帝刘彻出于抵抗匈奴进攻、经营西域的目的，于河西走廊设四郡，并建造了著名的阳关、玉门关。考古学家向达来阳关考察，写道："今南湖西北隅有地名古董滩，流沙壅塞，而版筑遗迹以及陶片遍地皆是，且时得古器物如玉器、陶片、古钱之属，其时代自汉以迄唐宋皆具。古董滩遗迹迤逦而北以迄于南湖北面龙首山俗名红山口下，南北可三四里，东西流沙湮没，广阔不甚可考。"因此，阳关故址大致位于古董滩。

当时的古董滩地理位置特殊，其既有渥洼池和西土沟的独立水源，又有发达的火烧沟文化。军队驻扎此地，方便休养生息，重整旗鼓，这就是阳关选址于此的大致原因。西汉时期，阳关设都尉治所管理军务。魏晋时期，此地设有阳关县，唐代又设寿昌县。至宋代以后，因与西方的陆路交通联系逐渐减少，外加此地经常暴发山洪，风沙俱下，阳关也逐渐废止，只剩一座被称为阳关耳目的汉代烽燧遗址。这座地势最高、保存最为完整的汉代烽燧，虽有"一夫当关，万夫莫开"之势，如今却也被历史遗忘在茫茫沙漠中，静默不语。

因阳关地处边界，到了阳关，便到了与挚友、亲人分别的时刻，因此人们到此的心情往往是离愁别绪、哀婉

素描——阳关

渭城朝雨浥轻尘，客舍青青柳色新。
劝君更尽一杯酒，西出阳关无故人。

——〔唐〕王维

◎阳关	凄凉。唐代诗人王维送别友人于此，也写下了著名的《渭城曲》，而广为流传的唐代歌曲《阳关三叠》便是后人根据此首送别诗谱曲而来的，曲调三叠，情真意切，娓娓道来，其词曰："清和节当春，渭城朝雨浥轻尘，客舍青青柳色新。劝君更进一杯酒，西出阳关无故人！霜夜与霜晨。遄行，遄行，长途越渡关津，惆怅役此身。历苦辛，历苦辛，历历苦辛，宜自珍，宜自珍。渭城朝雨浥轻尘，客舍青青柳色新。劝君更进一杯酒，西出阳关无故人！依依顾恋不忍离，泪滴沾巾，无复相辅仁。感怀，感怀，思君十二时辰。商参各一垠。谁相因，谁相因，谁可相因，日驰神，日驰神。渭城朝雨浥轻尘，客舍青青柳色新。劝君更进一杯酒，西出阳关无故人！芳草遍如茵。旨酒，旨酒，未饮心已先醇。载驰骃，载驰骃，何日言旋轩辚，能酌几多巡！千巡有尽，寸衷难泯，无尽的伤感。楚天湘水隔远滨，期早托鸿鳞。尺素申，尺素申，尺素频申，如相亲，如相亲。噫！从今一别，两地相思入梦频，闻雁来宾。"

居庸关

〔明〕谢榛

控海幽燕 [1] 地，弯弓豪侠儿。

秋山牧马处，朔塞 [2] 用兵时。

岭断云飞迥，关长鸟度迟。

当朝有魏尚 [3]，复此驻旌旗。

注释

[1] 幽燕：因今河北省北部及辽宁省部分地方在古代既为幽州，又为燕国，故称为幽燕。

[2] 朔塞：北方边塞地区。

[3] 魏尚：汉文帝时期曾任云中太守，驻守边疆，因其英勇兼备，匈奴故而不敢来犯。

采桑子·居庸关

〔清〕纳兰性德

　　巂周声里严关[1] 峙，匹马登登。乱踏黄尘，听报邮签[2] 第几程。

　　行人莫话前朝事，风雨诸陵。寂寞鱼灯[3]，天寿山头冷月横。

注释

[1] 巂（guī）周：子规鸟。严关：险要的关隘，这里指居庸关。
[2] 邮签：驿馆打更人夜间用来报时的器具。
[3] 鱼灯：墓地里的灯。

◎居庸关

居庸关，又称"蓟门关""军都关"，与紫荆关、倒马关、固关并称为"明朝京西四大名关"，位于今北京市昌平区西北。

早在春秋战国时期，燕国就扼控此口。相传秦始皇曾迁徙贫苦受雇的民夫于此，故而得名；汉代时期的居庸关是居庸县与军都县之间的关口，而并非长城线上的关口；三国时期名为西关；魏朝时称为军都关；北齐改称为纳款关；唐代及辽、金、宋、元、明、清时期则均称为居庸关。

居庸关地处狭长深谷，两山夹峙，艰折万状，形势险要，历来为北京通往内蒙古的交通要道，东至西水峪口黄花镇界45千米，西至坚子峪口紫荆关界60千米，南至榆河驿宛平县界30千米、至京师60千米，北至土木驿新保安界60千米。居庸关还是攀登陡峭曲折的太行山的第八条路径，《吕氏春秋》曾云："天下九塞，居庸其一也。"《西关志》也曾记载居庸关的重要地理位置："南环凤阙，北枕龙沙，东连军都之雄，西界桑干之浚。其隘如线，其侧如倾，升若扪参，降若趋井。翠屏吐秀，金柜吞奇，跨四十里之横岗，据八达岭之要害。诚天造地设之险，内夏外夷之防云。"

现在的居庸关关城，则是明太祖朱元璋派遣大将军徐达督建的。其中的一座汉白玉石台称为"云台"，建于元至正二年至五年（1342-1345），是元代大型过街喇嘛塔的基座，台高9.5米，上顶宽25.21米，长12.9米；下基宽26.84米，长15.57米，整体上窄下宽。台基中央有一门洞，可供车马行人穿梭，其建筑造型是藏传佛教

◎居庸关	思想结合古代建筑中城关式建筑而创建的，虽修建较晚，但这种特殊的建筑模式亦产生了深远的影响。云台上原有石塔座，后于元末明初时期被毁。后在此修建的泰安寺也于清康熙四十一年（1702）遭遇焚毁，只留下云台基座遗迹。云台内石壁上还刻有四大天王佛像，旁边还有用梵文、藏文、八思巴文、维吾尔文、西夏文、汉文共六种文字篆刻的《造塔功德记》《陀罗尼经咒》。 　　居庸关除地势险峻，位置特殊外，还有"居庸叠翠"之称，被列为"燕京八景"（太液秋风、琼岛春阴、金台夕照、蓟门烟树、西山晴雪、玉泉趵突、卢沟晓月、居庸叠翠）之一。其周围风景绮丽，清流环绕，每到夏季，上有翠峰重叠，下有深谷相对，花木郁茂，虫鸟嘶鸣。陈孚《居庸叠翠》诗云："断崖万仞如削铁，鸟飞不度苔石裂。嵯岈枯木无碧柯，六月太阴飘急雪。寒沙茫茫出关道，骆驼夜吼黄云老。征鸿一声起长空，风吹草低山月小。"

终

诗歌中的建筑